Lesehefte für den Literaturunterricht

In neuer Folge herausgegeben von
Klaus-Ulrich Pech und Rainer Siegle

J. R. R. Tolkien

Der Herr der Ringe
(Auswahl)

D1869491

Aus dem Englischen übersetzt von
Wolfgang Krege

Mit Materialien zusammengestellt
von Hans-Gerd Claßen

Ernst Klett Verlag
Stuttgart Düsseldorf Leipzig

Gedruckt auf Papier aus
chlorfrei gebleichtem Zellstoff,
säurefrei.

1. Auflage A 1 5 | 2005 2004 2003 2002

Alle Drucke dieser Auflage können im Unterricht nebeneinander benutzt werden, sie sind untereinander unverändert. Die letzte Zahl bezeichnet das Jahr dieses Druckes.
Die englische Originalausgabe erschien 1954 und 1955 unter dem Titel „Lord of the Rings". © 1966 by George Allen & Unwin Ltd., London. Published by arrangement with Harper Collins Publishers Ltd., London.

® © 1990 Frank Richard Williamson and Christopher Reuel Tolkien, executors of the estate of the late John Ronald Reuel Tolkien.

© für die einbändige deutsche Ausgabe: J. G. Cotta'sche Buchhandlung Nachfolger GmbH, gegr. 1659, Klett-Cotta, Stuttgart 2000.
Gedichtübertragungen von E.-M. von Freymann.
© für die Materialien: Ernst Klett Verlag GmbH, Stuttgart 2001
Alle Rechte vorbehalten.
Internetadresse: http://www.klett-verlag.de
Umschlag: Christa Janik, Leinfelden-Echterdingen
Gesamtherstellung: Wilhelm Röck, Weinsberg.
ISBN 3-12-262350-1

9 783122 623500

Inhalt

J. R. R. Tolkien: Der Herr der Ringe (Auswahl)

Materialien

DER WESTEN VON
MITTELERDE
AM ENDE DES
DRITTEN ZEITALTERS
Meilen
50 100 150 200
Himling
Eisbucht von Forochel
Angmar
Carn Dûm
Hier war einst das Hexerreich von Angmar
Das Verlorene Reich von
ARNOR
ERED LUIN
EMYN UIAL
Abendrotberge
Nenuial oder Abendrotsee
Annúminas
Nördliche Höhen
Fornost
Ettenöden
Wetterberge
Mückenwassermoore
Chetwald
Wetterspitze
Die letzte Brücke
Trollhöhen
Forlindon
Lhûn (Luhn)
Mithlond
Graue Anfurten
Förde von Lhûn
Forlond
Harlond
Turmberge
Weiße Höhen
Ferne Höhen
ARTHEDAIN
Brandywein Brücke
Hobbingen
DAS AUENLAND
Alter Wald
Bree
Große Oststraße
Hügelgräberhöhen
Der Grünweg
Südhöhen
RHUDAUR
Mitheithel
Bruinen (Lautwasser)
ERIADOR
CARDOLAN
Blaue Berge
Harlindon
Sarnfurt
Baranduin (Brandywein)
MINHIRIATH
Tharbad
Nîn-in-Eilph (Schwanenflut)
Glanduin
Eryn Vorn
Gwathló (Grauflut)
Lond Daer
ENEDWAITH
Nord-Süd-Straße
Dunland
Isengard
Furten des Isen
Pforte von Rohan
Angren (Isen)
Adorn
ERED NIMRAIS
Druwaith Iaur
Lefnui
Pinnath Gelin
Anfalas (Langstrand)
Andrast (Ras Morthil)

FORODWAITH
N
ERED MITHRIN
Gundabadberg
Dürre Heide
(Graues Gebirge)
Langquell
Grauquell
EISENBERGE
Erebor der Einsame Berg
Wald-elben
Waldfluß
Esgaroth auf dem Langen See
Carrock
Die Berge des Düsterwaldes
Hoher Paß
Alte Furt
Alte Waldstraße
Celduin (Fluß Eilend)
Carnen (Rotwasser)
RHOVANION
DÜSTERWALD
(Nebel Gebirge)
Schwertelfelder
Ost-Bucht
Anduin
(Der große Strom)
Schattenbachtal
Dol Guldur
LÓRIEN
Meer von Rhûn
Ebene des Celebrant
Limklar
Die BRAUNEN LANDE
Wold (Hügelland)
HAN
Ost Emnet
West Emnet
Onodlô (Entwasser)
EMYN MUIL
Sarn Gebir
Dagorlad (Walstatt)
Totensümpfe
Rauros
Schneeborn
Morannon
ERED LITHUI (Aschengebirge)
Nindalf (Fennfeld)
Ostfold
Udûn
Isenmaul
Anórien
Mering Bach
Cair Andros
Ithilien
Barad-dûr
Schicksalsberg
Minas Tirith
Osgiliath
Minas Morgul
Ebene von Gorgoroth
MORDOR
Emyn Arnen
Ringló
Gilrain
Erui
Celos
Sirith
DOR
Dor-en-Ernil
NURN
Lebennin
Pelargir
EPHEL DÚATH (Schattengebirge)
S. Ithilien
Serni
Nurnenmeer
Poros
Die Furten des Poros
Ethir Anduin
Tolfalas
Süd-Gondor
(jetzt ein umstrittenes, verlassenes Land)
Die Harad-Straße
NAH-HARAD

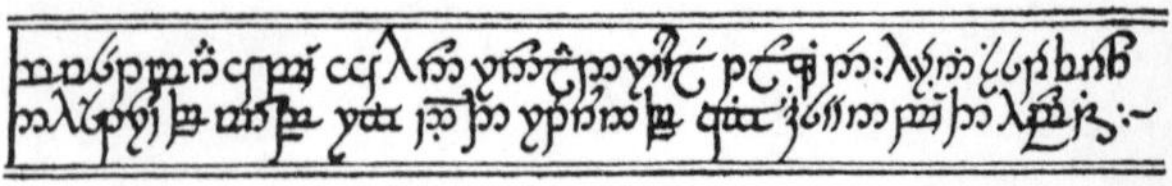

Drei Ringe den Elbenkönigen hoch im Licht,
Sieben den Zwergenherrschern in ihren Hallen aus Stein,
Den Sterblichen, ewig dem Tode verfallen, neun,
Einer dem Dunklen Herrn auf dunklem Thron
Im Lande Mordor, wo die Schatten drohn.
Ein Ring, sie zu knechten, sie alle zu finden,
Ins Dunkel zu treiben und ewig zu binden
Im Lande Mordor, wo die Schatten drohn.

J. R. R. Tolkien: Der Herr der Ringe (Auswahl)

Prolog

1 Über Hobbits

Dieses Buch handelt zum großen Teil von Hobbits, und der Leser erfährt daraus viel über ihre Wesensart und ein wenig auch über ihre Geschichte. Weitere Angaben sind in dem Auszug aus dem Roten Buch der Westmark zu finden, der schon unter dem Titel *Der Hobbit* veröffentlicht wurde. Diese Erzählung gab die ersten Kapitel des Roten Buches wieder, die Bilbo selbst verfasst hatte, der erste Hobbit, der in aller Welt berühmt wurde. Er nannte das Buch *Hin und Zurück,* weil es von seiner Fahrt in den Osten und seiner Rückkehr handelte, einem Abenteuer, durch das später alle Hobbits in die hier zu berichtenden großen Ereignisse jenes Zeitalters verwickelt wurden.
Viele Leser werden aber gleich zu Beginn noch mehr über dieses bemerkenswerte Volk wissen wollen, zumal manche vielleicht das frühere Buch gar nicht besitzen. Für sie seien hier einige wichtigere Erkenntnisse der Hobbitkunde zusammengestelt und das erste Abenteuer kurz wiedergegeben.

Die Hobbits sind ein unscheinbares, aber sehr altes Volk, das früher zahlreicher war als heute; denn sie schätzen Ruhe und Frieden und den wohlbestellten Boden. Sie wohnten am liebsten in kleinen Gemeinden zwischen Äckern und Weidegründen. Kompliziertere Maschinen als Blasebalg, Wassermühle oder Handwebstuhl verstehen und mögen sie auch heute noch nicht; doch mit Werkzeugen konnten sie geschickt umgehen. Schon in alten Zeiten waren sie im Allgemeinen scheu gegen die „Großen“, wie sie uns nennen, und heute gehen sie uns ängstlich aus dem Wege und sind immer schwerer zu finden. Sie haben ein feines Gehör und scharfe Augen, und obwohl sie zur Rundlichkeit neigen und nicht gern etwas übereilen, können sie sich, wenn nötig, sehr fix und flink bewegen. Von jeher beherrschen sie die Kunst, rasch und geräuschlos zu verschwinden, wenn große Leute, denen sie nicht begegnen wollen, dahergepoltert kommen; und diese Fähigkeit haben sie so sehr verfeinert, dass sie uns Menschen wie Hexerei erscheint. Tatsächlich aber haben sich die Hobbits nie mit irgendeiner Art von Magie abgegeben, und dass sie sich scheinbar in Luft auflösen können, beruht allein auf einer ererbten und auf altvertrautem Gelände sorgfältig eingeübten Fertigkeit, die für größere und plumpere Völker unnachahmlich ist.

Denn sie sind ein kleinwüchsiges Volk, kleiner noch als Zwerge, zumindest weniger stark und stämmig, wenn auch nahezu gleich groß, zwischen zwei und vier Fuß nach unseren Maßen. Drei Fuß erreichen sie heute nur noch selten; aber sie sagen, sie seien geschrumpft und in alten Zeiten größer gewesen. Bandobras Tuk, genannt der Bullenrassler, der Sohn Isengrims des Zweiten, soll nach dem Roten Buch vier Fuß und fünf Zoll gemessen haben; er konnte sogar ein Pferd reiten. In den Urkunden der Hobbits sind nur zwei namhafte Gestalten der Vergangenheit vermerkt, die ihn überragten; doch von dieser seltsamen Angelegenheit soll in diesem Buch noch die Rede sein.

Was die Hobbits aus dem Auenland angeht, mit denen wir es in diesen Geschichten zu tun haben, so waren sie in Zeiten des Friedens und Wohlstands ein lebenslustiges Volk. Sie kleideten sich in leuchtende Farben, besonders gern in Gelb und Grün. Schuhe trugen sie selten, denn ihre Füße hatten feste, lederige Sohlen und waren mit einem dichten Pelz von krausem Haar bedeckt, ähnlich ihrem Haupthaar, das bei den meisten braun war. Das einzige Handwerk, in dem sie nicht viel leisteten, war daher die Schuhmacherei; im Übrigen konnten sie mit ihren langen und geschickten Fingern vielerlei hübsche und nützliche Dinge machen. Ihre Gesichter waren in der Regel eher breit und gutmütig als schön, mit blanken Augen, geröteten Wangen und lachfaltigen, überaus schling- und schlucktüchtigen Mündern. Denn

Lachen, ebenso wie Schlingen und Schlucken, und zwar ebenso oft wie gründlich, war ihnen sehr wichtig; sie waren jederzeit zu simplen Späßen aufgelegt und verzehrten gern sechs Mahlzeiten täglich (wenn es sich einrichten ließ). Sie waren gastfreundlich, hatten Freude an Festen und an Geschenken, die sie ebenso gern machten wie annahmen.
Klar ist wohl, dass die Hobbits trotz der später eingetretenen Entfremdung mit uns verwandt sind, und zwar viel näher als die Elben, näher sogar als die Zwerge. Früher sprachen sie die Sprachen der Menschen, doch mit ihrer eigenen Mundart, und hatten auch so etwa dieselben Neigungen und Abneigungen wie wir. Welcher Art unsere Verwandtschaft aber im Einzelnen war, lässt sich nicht mehr feststellen. Der Ursprung der Hobbits liegt weit in den Ältesten Tagen, einem längst entschwundenen und vergessenen Zeitalter. Nur die Elben bewahren noch Urkunden aus jenen Tagen, doch in ihren Überlieferungen geht es nahezu ausschließlich um ihre eigene Geschichte, in der die Menschen nur selten und die Hobbits überhaupt nicht erwähnt werden. So viel immerhin wissen wir, dass die Hobbits schon lange Zeit in Mittelerde still vor sich hin gelebt hatten, ehe andere Völker sie auch nur bemerkten. Und da auf der Welt ohnehin an seltsamen Geschöpfen kein Mangel ist, mochte man diese kleinen Leutchen gut und gern übersehen. Doch in den Jahren, als Bilbo und sein Erbe Frodo lebten, wurden sie plötzlich, ganz gegen ihren Willen, weithin geachtet und berühmt und brachten die Pläne der Weisen und Großen dieser Welt durcheinander.

Jene Tage, das Dritte Zeitalter von Mittelerde, sind nun längst vergangen, und die Gestalt aller Länder ist seither eine andere; doch die Gegenden, in denen damals Hobbits lebten, waren sicherlich dieselben, aus denen sie auch heute noch nicht ganz verschwunden sind: der Nordwesten der Alten Welt östlich des Meeres. Wo sie ursprünglich herstammten, darüber hatte sich unter den Hobbits zu Bilbos Zeit keinerlei Kenntnis mehr erhalten. Neigung zur Wissenschaft (von der Ahnenkunde abgesehen) war unter ihnen nicht eben verbreitet, doch in den alten Familien gab es hier und da doch einen, der in den Chroniken der eigenen Vorfahren las oder sogar die Berichte der Elben, Zwerge und Menschen von alten Zeiten und fernen Ländern sammelte. Eigene Aufzeichnungen hatten die Hobbits erst seit ihrer Ansiedlung im Auenland, und ihre ältesten Sagen reichten kaum weiter zurück als in die Jahre ihrer Wanderungen. Dennoch ist aus diesen Sagen und aus manchen eigentümlichen Wörtern und Gebräuchen ersichtlich, dass sie wie viele andere Völker in ferner Vergangenheit westwärts gezogen sein müssen. Ihre ältesten Erzählungen scheinen auf eine Zeit hinzudeuten, als sie in den Tälern am oberen Anduin wohnten, zwischen den Ausläufern des Großen Grünwalds und dem Nebelgebirge. Warum sie sich von dort auf den harten und gefährlichen Weg über die Berge nach Eriador machten, ist nicht mehr bekannt. In ihren Berichten ist davon die Rede, dass sich die Menschen im Lande vermehrt hätten und dass ein Schatten den Wald verfinstert habe, der seither Düsterwald heißt.

Schon bevor sie das Gebirge überschritten, hatten sich unter den Hobbits drei voneinander ein wenig verschiedene Stämme gebildet: die Harfüße, die Starren und die Fahlhäute. Die Harfüße hatten eine bräunlichere Haut; sie waren kleiner, schmächtiger und bartlos, und sie trugen keine Schuhe. Ihre Hände und Füße waren zierlich und flink, und sie wohnten am liebsten auf Hochebenen und an Berghängen. Die Starren waren breiter und stämmiger, hatten größere Hände und Füße und zogen das flache Land und die Flussufer vor. Die Fahlhäute hatten hellere Haut und helleres Haar und waren größer und schlanker als die anderen; sie liebten Bäume und bewaldetes Land.

Die Harfüße hatten in alter Zeit viel Umgang mit den Zwergen und wohnten lange zwischen den Ausläufern des Gebirges. Sie zogen schon früh nach Westen und wanderten nach Eriador hinein, bis zur Wetterspitze, während die anderen noch in Wilderland blieben. Sie waren der normale und bekannteste Hobbitschlag und bei weitem der zahlreichste. Sie neigten am stärksten zur Sesshaftigkeit und hielten am längsten an der Sitte ihrer Vorfahren fest, in Stollen und Höhlen zu wohnen.

Die Starren blieben noch länger als die Harfüße an den Ufern des Großen Stroms, des Anduin; sie hatten weniger Scheu vor den Menschen. Als später auch sie westwärts wanderten, folgten sie dem Fluss Lautwasser nach Süden, und dort siedelten viele von ihnen lange in der Gegend zwischen Tharbad und den Grenzen von Dunland, ehe sie nach Norden zogen.

Die Fahlhäute, die am wenigsten zahlreichen, waren eine Sippe, die nördlich von den anderen gewohnt hatte. Sie verkehrten freundschaftlicher als die anderen Hobbits mit den Elben und verstanden sich besser auf Wörter und Lieder als auf Handwerke; und von alters her zogen sie die Jagd dem Ackerbau vor. Sie überschritten die Berge nördlich von Bruchtal und folgten dem Lauf des Weißquell. In Eriador vermischten sie sich bald mit den anderen Hobbits, die vor ihnen gekommen waren, aber da sie etwas wagemutiger und unternehmenslustiger waren, fand man sie oft als Führer oder Oberhäupter von Starren- oder Harfußsippen. Auch zu Bilbos Zeit war unter den größeren Familien wie den Tuks und den Herren von Bockland noch ein starker fahlhäutischer Einschlag zu bemerken.

In Eriador, dem Land im Westen von Mittelerde zwischen dem Nebelgebirge und den Bergen von Lhûn, fanden die Hobbits sowohl Elben wie Menschen vor. Sogar ein Rest der Dúnedain hatte sich hier noch erhalten, des Volks der Menschenkönige, die von Westernis übers Meer gekommen waren; aber sie schwanden rasch dahin, und die Länder ihres Nördlichen Königreichs verödeten. Platz für Neuzugewanderte gab es also mehr als genug, und nicht lange, so begannen sich die Hobbits in richtigen Gemeinden niederzulassen. Ihre ersten Siedlungen waren zu Bilbos Zeit zumeist schon wieder verlassen und vergessen; aber eine der ersten, die Bedeutung erlangt hatte, war bestehen geblieben, wenn auch in kleinerem Umfang. Diese lag in Bree und seiner Umgebung, dem Chetwald, etwa vierzig Meilen östlich vom Auenland.

Es muss in jener frühen Zeit gewesen sein, dass die Hobbits die Schreibkunst erlernten, und zwar nach der Art der Dúnedain, die sie ihrerseits viel früher von den Elben erlernt hatten. Und in jener Zeit vergaßen sie auch die Sprachen, die sie vorher gesprochen haben mögen, und gebrauchten von nun an die Gemeinsprache, das so genannte Westron, das in allen Ländern der Könige von Arnor und Gondor geläufig war und an allen Meeresküsten von Belfalas bis Lhun. Doch behielten sie einige Wörter bei, auch die Monats- und Wochentagsnamen und eine Vielzahl alter Personennamen.

Etwa um diese Zeit beginnt die sagenhafte Vergangenheit der Hobbits in Geschichte mit einer Zeitrechnung überzugehen. Denn im Jahre eintausendsechshunderteins des Dritten Zeitalters zogen die Brüder Marcho und Blanco aus der Sippe der Fahlhäute von Bree nach Westen, und mit Erlaubnis des Hohen Königs in Fornost* überschritten sie an der Spitze einer großen Schar Hobbits den braunen Fluss Baranduin. Sie kamen über die Steinbogenbrücke, die in der Blütezeit des Nördlichen Königreichs erbaut worden war, und nahmen alles Land vom jenseitigen Flussufer bis zu den Fernen Höhen in Besitz. Auferlegt wurde ihnen nur, dass sie die große Brücke wie auch alle andern Brücken und Straßen in Stand hielten, dass sie die Boten des Königs achteten und seine Herrschaft anerkannten.

Damit begann im Auenland die Zählung der Jahre, denn das Jahr des Übergangs über den Brandywein (wie sich die Hobbits den Flussnamen zurechtlegten) wurde das Jahr eins der *Auenland-Zeitrechnung,* und alle späteren Daten wurden danach berechnet.** Die westlichen Hobbits gewannen ihr neues Land schnell lieb; sie blieben dort, und in der Geschichte der Menschen und Elben war von ihnen bald nicht mehr die Rede. Solange es noch einen König gab, waren sie dem Namen nach seine Untertanen, aber tatsächlich hatten sie ihre eigenen Oberhäupter und mischten sich ins Weltgeschehen außerhalb ihres Landes nicht ein. Zur

* Nach den Chroniken von Gondor war dies Argeleb II., der zwanzigste Herrscher in der Erbfolge des Nördlichen Königreichs, die dreihundert Jahre später mit Arvedui erlosch.

** Die entsprechenden Jahreszahlen des Dritten Zeitalters nach der Rechnung der Elben und der Dúnedain ergeben sich also, wenn man zu den auenländischen Daten 1600 hinzufügt.

Schlacht bei Fornost, der letzten im Krieg mit dem Hexenfürsten von Angmar, schickten sie dem König ein paar Bogenschützen zu Hilfe – oder behaupteten es jedenfalls, obwohl es in den Geschichtsbüchern der Menschen nirgends erwähnt wird. In diesem Krieg aber fand das Nördliche Königreich sein Ende, und nun betrachteten die Hobbits das Land als ihr Eigentum und wählten unter ihren Oberhäuptern einen Thain, der die Hoheitsrechte des Königs wahrnehmen sollte, den es nicht mehr gab. Über tausend Jahre lang wurden sie von Kriegen kaum behelligt, und nach der Schwarzen Pest im Jahre 37 A.Z. gediehen sie und vermehrten sich, bis der unheilvolle Lange Winter eintrat, auf den eine Hungersnot folgte. Viele Tausende kamen darin um, aber zur Zeit dieser Erzählung waren die Tage der Not (1158-60) lange vorüber, und die Hobbits hatten sich wieder an ein Leben im Überfluss gewöhnt. Das Land war reich und fruchtbar, und wenn es auch vor ihrer Ansiedlung lange brachgelegen hatte, war es doch einst gut bestellt gewesen, und der König hatte dort viele Gehöfte, Getreidefelder, Weinberge und Forsten gehabt.

Über vierzig Wegstunden erstreckte es sich von den Fernen Höhen bis zur Brandyweinbrücke, und fünfzig waren es von den Hochmooren im Norden bis zu den Flussniederungen im Süden. Die Hobbits nannten alles, was zum Hoheitsgebiet ihres Thains gehörte, das Auenland; und auf diesem behaglichen Fleckchen Erde richteten sie sich ein und gingen den achtbaren Geschäften ihres wohlgeregelten Lebens nach. Immer weniger kümmerten sie sich um die Welt ringsum, wo man dunklen Gestalten begegnen konnte, und schließlich meinten sie, dass Friede und Überfluss in Mittelerde die Regel seien und allen vernünftigen Leuten von Rechts wegen zustünden. Das wenige, was sie über die Wächter und die Mühen derer gehört hatten, die den langen Frieden für das Auenland möglich machten, vergaßen sie oder schenkten ihm keine Beachtung. In Wirklichkeit lebten sie in einem geschützten Bezirk, hatten aber aufgehört, daran zu denken.

Zu keiner Zeit waren die Hobbits, egal welchen Schlages, kriegerisch gewesen, und untereinander hatten sie sich nie bekämpft. In alten Zeiten hatten sie natürlich oft zu den Waffen greifen müssen, um sich in der rauen Wirklichkeit ihrer Haut zu wehren, aber zu Bilbos Zeit war das schon sehr lange her. Die letzte Schlacht vor Beginn unserer Geschichte – die einzige überhaupt, die je auf auenländischem Boden stattgefunden hatte – gehörte einer Vergangenheit vor jeder lebendigen Erinnerung an: die Schlacht bei Grünfeld im Jahr 1147 A.Z., als Bandobras Tuk eine Bande eingedrungener Orks vertrieb. Sogar das Klima war in letzter Zeit milder geworden, und die hungrigen Wölfe, die einst in bitterkalten Wintern von Norden gekommen waren, kannte man nur noch aus den Erzählungen der Großväter. Zwar gab es im Auenland noch immer allerlei Waffen, doch hingen sie zumeist als Andenken über dem Kamin an der Wand oder wurden im Museum von Michelbinge verwahrt, dem Mathom-Haus, denn alles, wofür die Hobbits im Augenblick keine Verwendung hatten, das sie aber auch nicht wegwerfen mochten, nannten sie ein *Mathom.* Ihre Behausungen waren nicht selten übervoll von solchen Sachen, und auch viele Geschenke, die von Hand zu Hand gingen, waren von dieser Art.

Dennoch war dieses Völkchen in all dem Frieden und Wohlstand wehrhaft geblieben. Wenn es drauf ankam, waren sie nicht leicht klein- oder totzukriegen; und vielleicht hingen sie nicht zuletzt deshalb so unersättlich an den guten Dingen des Lebens, weil sie, wenn es sein musste, auf sie verzichten konnten; und dann hielten sie Schicksalsschlägen, Feinden und schlechtem Wetter mit einer Zähigkeit stand, die jeden verblüffte, der sie nicht genau kannte und der nur ihre Bäuche und runden Gesichter sah. Obwohl sie selten Streit suchten und nichts und niemanden rein zum Vergnügen töteten, wussten sie sich zu wehren, wenn man sie angriff; und notfalls konnten sie noch immer mit Waffen umgehen. Sie waren gute Bogenschützen, mit scharfem Auge und sicherer Hand. Und sie trafen nicht nur mit Pfeil und Bogen. Wenn ein Hobbit sich nach einem Stein bückte, wusste jedes unerlaubt durch seinen Garten streunende Tier, dass es ratsam war, schleunigst in Deckung zu gehen.

Ursprünglich hatten alle Hobbits in Höhlen gelebt, oder

wenigstens glaubten sie das, und darin fühlten sie sich am besten aufgehoben; aber im Laufe der Zeit hatten sie sich auch mit anderen Arten von Behausungen abfinden müssen. In der Regel hielten zu Bilbos Zeit nur noch die reichsten und die ärmsten Leute an den alten Wohngebräuchen fest. Die ärmsten wohnten nach wie vor in Höhlen dürftigster Art, wahren Löchern mit nur einem oder gar keinem Fenster, während die reichsten die schlichten Höhlen von einst in luxuriöser Ausgestaltung beibehielten. Geeigneter Baugrund für diese weit verzweigten Stollen (oder *Smials,* wie man sie nannte), war aber nicht überall zu finden, und in den Ebenen und Niederungen begannen die Hobbits, als sie zahlreicher wurden, auch oberirdisch zu bauen. Selbst in den hügeligen Gegenden und in den älteren Siedlungen wie Hobbing, Buckelstadt oder in Michelbinge auf den Weißen Höhen, dem bedeutendsten Ort des Auenlandes, standen nun viele Häuser aus Holz, Stein oder Ziegeln. Diese waren besonders bei den Müllern, Schmieden, Seilern, Stellmachern und anderen Handwerkern beliebt, denn für ihre Werkstätten hatten die Hobbits schon immer Schuppen gebaut, auch als an Wohnhöhlen noch kein Mangel war.

Die Gewohnheit, Bauernhäuser und Scheunen zu bauen, soll zuerst unter den Bewohnern des Bruchs am Brandywein aufgekommen sein. Die Hobbits in dieser Gegend, dem Ostviertel, waren ziemlich dick und breitfüßig; bei schlechtem Wetter trugen sie Zwergenstiefel. Aber es war bekannt, dass sie ein gut Teil Starrenblut in den Adern hatten, wie man schon an dem Flaum sehen konnte, der vielen von ihnen ums Kinn spross. Kein Harfuß oder Fahlhäuter hatte die mindeste Spur von Bartwuchs. Die Leute aus dem Bruch und aus Bockland, dem Streifen auf dem Ostufer des Flusses, der erst später besiedelt worden war, waren erst nach den anderen Hobbits aus südlichen Gegenden gekommen, und sie hatten noch viele eigentümliche Namen und Wörter, die man anderswo im Auenland nicht kannte.

Es ist wahrscheinlich, dass die Baukunst wie so viele andere Fertigkeiten von den Dúnedain stammte. Aber die Hobbits könnten sie auch unmittelbar von den Elben erlernt haben, die in frühester Zeit die Lehrmeister der Menschen waren. Denn die Elben des Hohen Geschlechts hatten Mittelerde noch nicht verlassen und wohnten damals an den Grauen Anfurten im Westen und an anderen Orten, die vom Auenland aus zu erreichen waren. Drei Elbentürme aus unvordenklichen Zeiten waren noch immer auf den Turmbergen jenseits der Westmarken zu sehen; bei Mondschein sah man sie weit übers Land schimmern. Der höchste stand am fernsten, für sich allein auf einer grünen Hügelkuppe. Die Hobbits im Westviertel sagten, von der Spitze des Turms aus könne man das Meer sehen; doch weiß man von keinem Hobbit, der je hinaufgestiegen wäre. Überhaupt hatten nur wenige Hobbits je das Meer gesehen oder gar befahren, und noch weniger waren zurückgekehrt, um davon zu berichten. Die meisten Hobbits betrachteten schon Flüsse und kleine Boote mit tiefem Argwohn, und nicht viele konnten schwimmen. Und je länger sie im Auenland lebten, desto weniger sprachen sie mit den Elben; sie begannen sich vor ihnen zu fürchten und allen zu misstrauen, die mit ihnen Umgang hatten. Das Meer wurde ihnen zu einem Schreckenswort, einem Sinnbild des Todes; und von den Bergen im Westen wandten sie den Blick ab.

Aber mochten sie die Baukunst auch von den Elben oder den Menschen übernommen haben, die Hobbits verfuhren darin auf ihre eigene Weise. Mit Türmen hatten sie nichts im Sinn. Ihre Häuser waren meistens lang, niedrig und wohnlich. Die ältesten waren eigentlich oberirdische Nachbildungen von Smials, mit trockenem Gras oder Stroh gedeckt, vielleicht auch mit Sodendächern, die Wände ein wenig ausgebaucht. Diese stammten jedoch aus der Frühzeit des Auenlandes, und seither hatte sich die Bauweise längst verändert und verbessert. Manche neuen Methoden hatten die Hobbits von den Zwergen gelernt, manche hatten sie selbst erfunden. Eine Vorliebe für runde Fenster und sogar runde Türen blieb die wichtigste Besonderheit der Hobbit-Architektur.

Die auenländischen Häuser und Höhlen waren oft sehr geräumig und wurden von Großfamilien bewohnt (Bilbo und Frodo Beutlin waren als Junggesellen in dieser wie auch in anderer Hinsicht, zum Beispiel ihrer Freundschaft mit Elben, die großen Ausnahmen). Mancherorts, wie bei den Tuks in Groß-Smials oder den Brandybocks im Brandyschloss, lebten etliche Generationen von Verwandten mehr oder weniger friedlich in ein und demselben vielstolligen Stammwohnsitz zusammen. Überhaupt waren alle Hobbits sehr sippenbewusst und gaben sich über ihre Verwandtschaftsbeziehungen genauestens Rechenschaft. Sehr gründlich und ausführlich zeichneten sie die unzähligen Verzweigungen ihrer Familienstammbäume auf. Wer mit Hobbits zu tun hat, darf nie vergessen, wer mit wem in welchem Grade verwandt ist. Es würde den Rahmen dieses Buches sprengen, wollte man versuchen, einen Stammbaum aufzustellen, der auch nur die bedeutenderen Angehörigen der bedeutenderen Familien aus der Zeit umfasste, von der diese Geschichten handeln. Die Ahnentafeln am Ende des Roten Buchs der Westmark sind ein kleines Buch für sich, und jeder, der kein Hobbit ist, fände sie maßlos langweilig. Die Hobbits aber hatten viel Sinn für solche Dinge, in denen alles seine Richtigkeit haben musste: Bücher mochten sie, wenn vieles darin stand, was sie schon wussten – schlicht und klar und ohne Widersprüche.

[...]

3 Von der Ordnung im Auenland

Das Auenland war in vier Viertel eingeteilt, von denen schon die Rede war, das Nord-, Süd-, Ost- und Westviertel; und diese wiederum zerfielen in eine Anzahl Sippenländer, die noch immer die Namen mancher großer alteingesessener Familien trugen, obwohl zur Zeit dieser Geschichte die Träger dieser Namen nicht mehr nur auf ihrem Sippenland anzutreffen waren. Fast alle Tuks lebten zwar noch im Tukland, aber von vielen anderen Familien wie den Beutlins oder Boffins konnte man das nicht sagen. Außerhalb der Viertel lagen die Ost- und die Westmark: das Bockland und das Gebiet im Westen, das im Jahre 1462 A.Z. zum Auenland hinzukam.

Von einer „Regierung“ konnte im Auenland zu dieser Zeit kaum die Rede sein. Meistens regelten die Familien ihre Angelegenheiten unter sich. Das Anbauen und Verzehren der Nahrungsmittel nahm den Hauptteil ihrer Zeit in Anspruch. In anderen Belangen waren sie in der Regel freigebig und nicht habgierig, sondern bescheiden und genügsam, und darum blieben ihre Güter, Gehöfte, Werkstätten und kleinen Läden gewöhnlich über Generationen hin unverändert.

Im Übrigen erkannten sie natürlich nach alter Tradition einen Hohen König in Fornost oder, wie sie es nannten, Norburg an, der alten Stadt nördlich des Auenlandes. Aber seit fast tausend Jahren gab es dort keinen König mehr, und selbst die Ruinen der Königsnorburg waren mit Gras überwachsen. Trotzdem sagten die Hobbits von wilden Burschen und üblem Gesindel (zum Beispiel Trollen) noch immer, die hätten wohl „noch nie was vom König gehört“. Denn auf den König von einst führten sie alle Gesetze zurück, die ihnen wichtig waren, und die Gesetze hielten sie für gewöhnlich freiwillig ein, weil sie „die Regeln“ waren (wie sie sagten): sowohl althergebracht als auch gerecht.

Allerdings hatte die Familie Tuk lange eine Vorrangstellung eingenommen: Das Amt des Thains war vor einigen hundert Jahren von den Altbocks auf sie übergegangen, und seither hatte das Oberhaupt der Tuks immer diesen Titel innegehabt. Der Thain war Vorsitzender des Auenländischen Rats, Hauptmann der Auenland-Heerschau und der Hobbitwehr, aber weil die Heerschau und die Ratssitzungen nur in Notzeiten stattfanden, die es nicht mehr gab, war das Amt des Thains zu einem reinen Ehrentitel geworden. Besondere Achtung genoss die Familie Tuk indes weiterhin, denn sie blieb zahlreich und ungemein begütert; außerdem konnte man von ihr erwarten, dass sie in jeder Generation ein paar starke Charaktere mit merkwürdigen Gewohnheiten und vielleicht sogar abenteuerlustigem Temperament hervorbrachte. Diese Eigenschaften freilich wurden nun eher geduldet (bei reichen Leuten) als allgemein geschätzt. Immerhin hielt sich der Brauch, das Oberhaupt dieser Familie als *den Tuk* zu bezeichnen und seinen Namen, wenn nötig, mit einer Ordnungszahl zu versehen, wie zum Beispiel „Isengrim der Zweite".

Der Einzige, der im Auenland zu dieser Zeit wirklich ein Amt innehatte, war der Bürgermeister von Michelbinge (oder des Auenlandes), der alle sieben Jahre zu Lithe, das heißt am Mittsommertag, auf dem Freimarkt auf den Weißen Höhen gewählt wurde. Nahezu seine einzige Pflicht als Bürgermeister bestand darin, die Begrüßungsworte bei den Banketten an den Feiertagen zu sprechen, die der auenländische Kalender in rascher Folge vorsah. Doch mit dem Bürgermeisteramt waren auch die Aufgaben des Postmeisters und des Ersten Landbüttels verbunden, und darum war er sowohl für den Kurierdienst als auch für die Wachen verantwortlich. Dies waren die einzigen öffentlichen Dienste, und die Kuriere waren bei weitem zahlreicher und hatten viel mehr zu tun. Zwar konnten keineswegs alle Hobbits schreiben, aber wer es konnte, schrieb immerzu an alle Freunde (und mit Ausnahmen auch an alle Verwandten), die weiter als einen Nachmittagsspaziergang entfernt wohnten.

Die Polizisten – oder was einem Polizisten bei den Hobbits am nächsten kam – hießen Landbüttel. Natürlich trugen sie keine Uniform (so etwas kannte man gar nicht), sondern nur eine Feder an der Mütze, und eigentlich waren sie eher eine Fluraufsicht als eine Polizei, denn sie kümmerten sich mehr um streunende oder entlaufene Tiere als um Personen. Im ganzen Auenland gab es von ihnen für den Inlanddienst nur zwölf, drei in jedem Viertel. Wesentlich zahlreicher waren die Grenzwachen, die außerdem nach Bedarf verstärkt werden konnten: Sie sorgten dafür, dass Fremde aller Art, ob groß oder klein, nicht zur Plage wurden.

Zu der Zeit, als diese Geschichte beginnt, waren die Grenzer, wie man sie nannte, stark vermehrt worden. Vielerlei Meldungen und Beschwerden über verdächtige Personen oder Kreaturen gingen ein, die sich an den Grenzen oder sogar im Hinterland herumtrieben: das erste Anzeichen, dass nicht alles so war, wie es sein sollte und immer gewesen war, außer in Geschichten und Sagen aus alter Zeit. Nur wenige schenkten dem Zeichen Beachtung, und auch Bilbo hatte noch keine Ahnung, was es zu bedeuten hatte. Sechzig Jahre waren vergangen, seit er zu seiner denkwürdigen Reise aufgebrochen war, und selbst unter Hobbits, die ja nicht selten die Hundert erreichen, war er nun ein alter Mann; doch von dem stattlichen Vermögen, das er damals mit heimgebracht hatte, war anscheinend noch immer einiges vorhanden. Wie viel oder wie wenig, das sagte er niemandem, nicht mal seinem Lieblingsneffen Frodo. Und noch immer verriet er nichts von dem Ring, den er gefunden hatte.

4 Vom Ringfund

Wie im *Hobbit* erzählt wird, stand eines Tages der große Zauberer Gandalf der Graue vor Bilbos Tür und mit ihm dreizehn Zwerge, und zwar niemand anders als Thorin Eichenschild, Nachkomme der Zwergenkönige, und seine zwölf Gefährten im Exil. Zu seiner eigenen bleibenden Verwunderung brach Bilbo mit ihnen an einem Aprilmorgen im Jahr 1341 auenländischer Zeitrechnung zu einer großen Reise auf, einer Fahrt zu den Zwergenhorten der Könige unter dem Berge, unter dem Erebor bei Thal, weit im Osten. Das Unternehmen gelang, und der Drache, der den Hort bewachte, wurde getötet. Aber obwohl sie, bevor alles gewonnen war, erst die Schlacht der fünf Heere schlagen mussten, obwohl Thorin dabei fiel und viele Ruhmestaten vollbracht wurden, wäre die Sache ohne einen kleinen „Zwischenfall", der sich unterwegs ereignete, für die spätere Geschichtsschreibung kaum von Interesse gewesen und hätte in den langen Annalen des Dritten Zeitalters allenfalls eine Fußnote verdient. Auf einem hohen Pass im Nebelgebirge wurden die Reisenden beim Übergang nach Wilderland von Orks überfallen; und dabei wurde Bilbo von ihnen getrennt und musste eine Weile allein in den dunklen Orkstollen tief unter dem Gebirge umherirren. Als er dort hilflos im Dunkeln herumtastete, stieß seine Hand an einen Ring, der auf dem Boden eines Stollens lag. Er steckte ihn in die Tasche. Für den Augenblick schien es ein belangloser Zufall zu sein.

Auf der Suche nach einem Ausgang stieg Bilbo immer tiefer unter das Gebirge hinab, bis er nicht mehr weiter konnte. Auf dem Grund des Stollens lag ein kalter See, fern von allem Licht, und dort, auf einer Felseninsel im Wasser, lebte Gollum. Er war eine widerwärtige kleine Kreatur: Mit seinen breiten Plattfüßen paddelte er ein kleines Boot, spähte mit fahl leuchtenden Augen durch die Dunkelheit und schnappte mit seinen langen Fingern nach blinden Fischen, die er dann roh verzehrte. Er fraß alles, sogar Orks, wenn er sie nur fangen und kampflos erwürgen konnte. Insgeheim besaß er ein Kleinod, das er vor langen Zeiten an sich gebracht hatte, als er noch nicht im Dunkeln lebte: einen goldenen Ring, der seinen Träger unsichtbar machte. Der Ring war das Einzige, was ihm lieb und teuer war, sein „Schatz", und er sprach mit ihm, sogar wenn er ihn nicht bei sich trug. Denn er hielt ihn meistens in einem Felsloch auf seiner Insel sicher verwahrt, wenn er nicht gerade auf Jagd ging oder den Orks in den Stollen nachschlich.
Vielleicht hätte er Bilbo bei ihrer Begegnung sofort angegriffen, hätte er den Ring bei sich gehabt; aber er hatte ihn nicht, und der Hobbit hielt ein Elbenmesser in der Hand, das für ihn so gut wie ein Schwert war. Um daher Zeit zu gewinnen, forderte er Bilbo zu dem Rätselspiel heraus, mit der Bedingung, dass er Bilbo töten und verspeisen werde, wenn der eines seiner Rätsel nicht lösen könne; wenn aber Bilbo ihn besiege, so werde er ihn wie gewünscht zu einem Ausgang aus den Stollen führen.
Weil er sich im Dunkeln hoffnungslos verirrt hatte und weder vor noch zurück konnte, ging Bilbo auf die Wette ein, und sie gaben einander mehrere Rätsel auf. Schließlich gewann Bilbo, mit mehr Glück (wie es schien) als Verstand, denn als ihm zuletzt kein Rätsel mehr einfallen wollte, berührte seine Hand den Ring, den er aufgehoben und seither vergessen hatte, und er rief: *Was hab ich da in meiner Tasche?* Das bekam Gollum nicht heraus, obwohl Bilbo ihn dreimal raten ließ.
Nun sind zwar die Gelehrten geteilter Meinung, ob dies letzte nach den strengen Regeln des Spiels nicht nur eine schlichte „Frage" und kein Rätsel war; doch stimmen alle

darin überein, dass Gollum, nachdem er sich darauf eingelassen und die Antwort zu erraten versucht hatte, an sein Versprechen gebunden war. Und Bilbo drängte ihn, Wort zu halten; denn ihm kam der Gedanke, dass dieser schleimige Bursche ein falsches Spiel treiben könnte, obwohl doch solche Versprechen von alters her als heilig galten und alle bis auf die Verruchtesten sich scheuten, sie zu brechen. Nach all den Zeiten, die er allein im Dunkeln gehaust hatte, war Gollums Herz schwarz und voller Tücke. Er machte sich davon und kehrte auf seine Insel zurück, von der Bilbo nichts wusste und die nicht weit entfernt im dunklen Wasser lag. Dort, glaubte er, liege sein Ring. Er war nun hungrig und wütend, und wenn er seinen „Schatz" erst am Finger hätte, brauchte er keine Waffe mehr zu fürchten.

Aber der Ring war nicht auf der Insel; er hatte ihn verloren, er war weg! Er schrie, dass es Bilbo kalt den Rücken herunterlief, obwohl er noch nicht begriffen hatte, was geschehen war. Aber Gollum hatte mit einem Mal die Lösung des Rätsels gefunden – zu spät. *Wasss hat er in seinen Tassschen?,* schrie er. Seine Augen leuchteten wie eine grüne Flamme, als er zurückgehastet kam, um den Hobbit zu töten und sich seinen „Schatz" wieder zu holen. Eben noch rechtzeitig erkannte Bilbo die Gefahr und rannte blindlings den Gang hinauf, fort vom Wasser; und wieder rettete ihn sein Glück. Denn während er lief, steckte er die Hand in die Tasche, und unversehens glitt ihm der Ring auf den Finger. So kam es, dass Gollum an ihm vorüberrannte, ohne ihn zu sehen, und dann weiter zum Ausgang hin, um den „Dieb" nicht entkommen zu lassen. Vorsichtig schlich Bilbo ihm nach und hörte ihn fluchen und im Selbstgespräch über seinen „Schatz" reden; und aus dem Gehörten erriet Bilbo die Wahrheit und schöpfte im Dunkeln neue Hoffnung: Er selbst hatte den wunderbaren Ring gefunden und damit eine Chance, Gollum und den Orks zu entkommen.

Schließlich machten sie Halt vor der im Dunkeln kaum erkennbaren Öffnung eines Durchgangs zum unteren Tor der Minen, auf der Ostseite des Gebirges. Dort hockte Gollum sich hin, sprungbereit, schnüffelnd und horchend; und Bilbo fühlte sich versucht, ihn mit seinem Schwert zu erschlagen. Aber Mitleid hielt ihn davon ab. Den Ring, in dem seine einzige Hoffnung lag, wollte er zwar behalten, doch nicht um mit seiner Hilfe die elende Kreatur umzubringen, die gegen ihn nun ziemlich wehrlos war. Endlich nahm er all seinen Mut zusammen, sprang im Dunkeln über Gollum hinweg und flüchtete den Gang hinunter, verfolgt von den Hass- und Verzweiflungsschreien seines Feindes: *Dieb, Dieb, Beutlin! Wir hassen ihn auf immerdar!*

Merkwürdig ist nun, dass dies nicht die Geschichte ist, so wie Bilbo sie seinen Gefährten zuerst erzählte. Ihnen sagte er, Gollum habe versprochen, ihm ein Geschenk zu machen, wenn er das Spiel gewänne; aber als Gollum es von seiner Insel holen wollte, sei das Kleinod weg gewesen: ein Zauberring, den man ihm vor langer Zeit zum Geburtstag geschenkt hatte. Bilbo habe erraten, dass dies derselbe Ring war, den er gefunden hatte, und weil er das Spiel gewonnen hatte, habe er ihm nun auch von Rechts wegen gehört. In seiner schwierigen Lage habe er aber von seinem Fund nichts gesagt und sich von Gollum statt des Geschenks als Belohnung ausbedungen, dass er ihm den Ausweg zeigte. Diesen Bericht nahm Bilbo in seine Memoiren auf, und er selbst scheint nie etwas daran geändert zu haben, nicht einmal nach der Ratsversammlung bei Elrond. Offenbar stand er auch noch in der Erstfassung des Roten Buchs, ebenso wie in mehreren Abschriften und Kurzfassungen. Doch viele Abschriften enthalten (als Alternative) die richtige Darstellung, die sicherlich aus Aufzeichnungen von Frodo oder Samweis stammt, die beide die Wahrheit kannten, obwohl es ihnen widerstrebt zu haben scheint, irgendetwas von dem alten Hobbit selbst Geschriebenes zu streichen.
Gandalf jedoch glaubte Bilbos Geschichte gleich beim ersten Mal nicht, als er sie hörte, und wurde neugierig, was es mit dem Ring wirklich auf sich habe. Schließlich holte er aus Bilbo die Wahrheit heraus, nach vielem Fragen, das ihre Freundschaft auf eine harte Probe stellte; aber der Zauberer schien die Wahrheit nun mal für wichtig zu halten. Obwohl er zu Bilbo nichts davon sagte, fand er es auch merkwürdig

und bedenklich, dass der gute Hobbit nicht gleich damit herausgerückt war – ganz gegen seine Gewohnheit. Die Ausrede von dem „Geschenk" war ja auch eine Erfindung, die einem Hobbit nicht ähnlich sah. Bilbo war erst darauf gekommen, wie er bekannte, als er Gollums Selbstgespräch belauschte; denn Gollum hatte den Ring ja mehrmals als sein „Geburtstagsgeschenk" bezeichnet. Auch das erschien Gandalf sonderbar und verdächtig; aber die Wahrheit in dieser Sache sollte ihm noch viele Jahre verborgen bleiben, wie wir in diesem Buch sehen werden.

Von Bilbos späteren Abenteuern ist hier nicht viel zu sagen. Dank dem Ring kam er durch die Orkwachen am Tor und stieß wieder zu seinen Gefährten. Während der Fahrt gebrauchte er den Ring viele Male, meistens, um seinen Freunden zu helfen; aber solange es ging, hielt er ihn vor ihnen verborgen. Nach seiner Heimkehr sprach er über ihn nur mit Gandalf und Frodo; sonst wusste im Auenland niemand, dass es den Ring überhaupt gab – oder zumindest glaubte er das. Nur Frodo zeigte er den Bericht über seine Fahrt, an dem er schrieb.

Sein Schwert Stich hängte Bilbo über dem Kamin auf, und sein herrliches Kettenhemd aus dem Drachenhort, das ihm die Zwerge geschenkt hatten, überließ er als Leihgabe einem Museum, nämlich dem Mathom-Haus in Michelbinge. Den alten Kapuzenmantel aber, den er auf seinen Reisen getragen hatte, verwahrte er in Beutelsend in einer Schublade; und der Ring blieb, an einem Kettchen befestigt, in seiner Hosentasche.

Als er am 22. Juni (1342 A.Z.) nach Beutelsend heimkehrte, war er im zweiundfünfzigsten Lebensjahr, und dann geschah im Auenland nichts allzu Bemerkenswertes, bis Herr Beutlin sich an die Vorbereitungen zur Feier seines hundertundelften Geburtstags machte (1401 A.Z.). Und hier beginnt unsere Geschichte.

[...]

Erstes Kapitel
Ein lang erwartetes Fest

[...]

Endlich war der Tag heran, Donnerstag, der 22. September. Die Sonne ging auf, und die Wolken zerstreuten sich, Fahnen wurden entrollt, und das Fest begann.

Bilbo Beutlin nannte es *ein* Fest, aber in Wirklichkeit war es eine Vielzahl von Lustbarkeiten, die zu einer einzigen gebündelt wurden. So gut wie jeder, der in der Nähe wohnte, war eingeladen. Einige, sehr wenige, waren versehentlich übergangen worden, aber als sie dann trotzdem kamen, störte es niemand. Auch aus anderen Gegenden des Auenlands waren viele zu Gast, manche sogar von jenseits der Grenzen. Bilbo selbst begrüßte die Gäste (auch die nicht eingeladenen) an dem neuen weißen Tor. Er verteilte Geschenke an alle und etliche – und die etlichen waren diejenigen, die sich hinten herum wieder hinausschlichen und noch ein zweites Mal durchs Tor kamen. Hobbits machen anderen Leuten Geschenke, wenn sie selbst Geburtstag haben. In der Regel keine sehr teuren und nicht so verschwenderisch viele wie in diesem Falle; aber es ist kein schlechtes System. Da in Hobbingen und Wasserau eigentlich an jedem Tag im Jahr irgendwer Geburtstag hatte, konnte jeder Hobbit in dieser Gegend damit rechnen, wenigstens einmal in der Woche ein Geschenk zu bekommen. Trotzdem wurden sie des Beschenktwerdens nie müde.

Bei dieser Gelegenheit waren die Geschenke außergewöhnlich gut. Die Hobbitkinder waren so entzückt, dass sie für eine Weile beinah das Essen vergaßen. Es gab Spielzeug, wie sie es noch nie gesehen hatten, alles wunderschön und manches offenbar magisch. Vieles davon war schon ein Jahr zuvor bestellt und nun über den weiten Weg vom Einsamen Berg und von Thal angeliefert worden: echte zwergische Erzeugnisse.

Nachdem jeder Gast begrüßt und alle schließlich auf der Wiese versammelt waren, gab es Lieder, Tänze, Musik, Spiele und, natürlich, zu essen und zu trinken. Offiziell wurden drei Mahlzeiten gereicht, zu Mittag, zum Tee und zu Abend; aber das Besondere an der Mittags- und der Teemahlzeit war nur, dass zu diesen Zeiten *alle* Gäste sich hinsetzten und gemeinsam aßen, während in der übrigen Zeit die meisten nur essend und trinkend herumstanden. Und so ging es ohne Pause von elf bis halb sieben, als das Feuerwerk anfing.

Das Feuerwerk war Gandalfs Sache: Er hatte alles, was er dazu brauchte, nicht nur herbeigeschafft, sondern auch ausgedacht und hergestellt; und alle Spezialeffekte, Panoramen und Raketen ließ er selbst los. Aber er verteilte auch freigebig allerlei Frösche, Schwärmer, Kracher, Sprühregen, Fackeln, Zwergenkerzen, Elbenkaskaden, Orkbrüller und Kanonenschläge. Alle verrieten die Hand des Meisters. Mit zunehmendem Alter war Gandalf immer besser geworden.

Raketen stiegen auf wie ein Schwarm bunt glitzernder Vögel mit lieblichen Singstimmen. Grüne Bäume wuchsen aus Stämmen von dunklem Rauch; ihre Knospen öffneten sich, wie wenn ein ganzer Frühling in einem Moment aufbräche, und von ihren schimmernden Zweigen regneten glimmende Blüten auf die erstaunten Hobbits herab und lösten sich in einen süßen Duft auf, kurz bevor sie die nach oben gewandten Gesichter berührten. Fontänen von glitzernden Schmetterlingen sprühten zu den Baumwipfeln empor; vielfarbige Feuersäulen schossen in die Höhe und wurden zu Adlern, Segelschiffen oder einer Phalanx fliegender Schwäne; ein rotes Gewitter tobte, und ein gelber Regenguss ging nieder; ein Wald von silbernen Speeren flog jäh in die Luft, vom Schlachtruf eines Heeres begleitet, sank nieder und tauchte, wie hundert feurige Schlangen zischend, ins Wasser. Und dann kam noch eine letzte Überraschung, Bilbo zu Ehren, und jagte den Hobbits einen gewaltigen Schreck ein, wie Gandalf durchaus beabsichtigt hatte. Die Lichter gingen aus. Eine dicke Rauchwolke stieg auf. Bald sah sie aus wie ein Berg in der Ferne, und der Gipfel begann zu glühen. Er spie grüne und scharlachrote Flammen. Hervor kam ein rotgoldener Drache, nicht in Lebensgröße, doch fürchterlich naturgetreu: Flammen loderten aus seinem Rachen, seine Augen warfen blendende

Strahlen zur Erde, und mit einem tosenden Geräusch fegte er dreimal über die Köpfe der Menge hinweg. Alle duckten sich, und manche warfen sich flach auf den Bauch. Wie ein Expresszug brauste der Drache davon, schlug einen Purzelbaum und explodierte mit ohrenbetäubendem Krachen über Wasserau.

„Das war das Zeichen zum Abendessen“, sagte Bilbo. Sofort waren Angst und Schrecken wie weggeblasen, und die Hobbits, die am Boden Deckung gesucht hatten, kamen schleunigst wieder auf die Füße. Es gab eine Schlemmermahlzeit für alle – alle, bis auf diejenigen, die zur Feier im engsten Familienkreis in das große Zelt mit dem Baum gebeten wurden. Hier beschränkten sich die Einladungen auf zwölf Dutzend (eine Zahl, die auch bei den Hobbits ein Gros hieß, obwohl das Wort in Bezug auf Personen als ungehörig galt), ausgewählte Gäste aus allen Familien, mit denen Bilbo und Frodo verwandt waren, nebst einigen guten, aber nicht verwandten Freunden (wie Gandalf). Auch viele jugendliche Hobbits waren dabei, in Begleitung oder mit Erlaubnis ihrer Eltern; denn mit den Schlafenszeiten für die Kinder nahmen es die Hobbits nicht so genau, besonders wenn sich die Gelegenheit bot, ihnen eine kostenlose Mahlzeit zu verschaffen. Junge Hobbits satt zu kriegen war nicht billig.

Da sah man nun viele Beutlins und Boffins, allerlei Tuks und Brandybocks, manche Spachtlers (Verwandte von Bilbo Beutlins Großmutter), verschiedene Pausbackens (Verwandte seines Großvaters Tuk) und vereinzelte Löchners, Bolgers, Straffgürtels, Brockhäuser, Gutleibs, Hornbläser und Stolzfußens. Manche von diesen waren mit Bilbo nur ganz entfernt verwandt, und einige waren kaum je zuvor in Hobbingen gewesen, weil sie in entlegenen Winkeln des Auenlands wohnten. Die Sackheim-Beutlins waren nicht vergessen worden. Otho und seine Frau Lobelia waren da. Sie hassten Bilbo und verabscheuten Frodo, aber sie hatten eine so prächtige, mit goldener Tinte geschriebene Einladungskarte bekommen, dass sie nicht nein sagen konnten. Außerdem hatte ihr Vetter Bilbo seit vielen Jahren den Freuden der Tafel die höchste Aufmerksamkeit zugewandt, und seine Küche hatte einen vorzüglichen Ruf.

Alle hundertvierundvierzig Gäste machten sich auf ein gediegenes Festessen gefasst, auch wenn sie der (unvermeidlichen) Nachtischrede ihres Gastgebers mit einigem Grauen entgegensahen. Er streute bei solchen Gelegenheiten gern Sachen ein, von denen er meinte, dass es Gedichte seien, und wenn er ein, zwei Glas getrunken hatte, kam er auf die verrückten Abenteuer seiner mysteriösen Reise zu sprechen. Die Gäste wurden nicht enttäuscht: Es gab ein *sehr* anständiges Essen – oder richtiger, ein rundum zufriedenstellendes Gelage, nahrhaft, reichlich, vielseitig und lang ausgedehnt. Der Lebensmittelabsatz ging während der folgenden Wochen im ganzen Bezirk auf nahezu Null zurück, aber weil Bilbos Einkäufe die Keller und Lagerhäuser der meisten Groß- und Einzelhändler auf Meilen im Umkreis geleert hatten, war das kein Unglück.

Nachdem das Essen (mehr oder weniger) vorüber war, kam die Rede. Die meisten Gäste nippten und naschten zwar noch von dem, was sie am liebsten mochten, aber sie waren nun in duldsamer Laune, in jenem wohligen Stadium, in dem sie, wie sie es nannten, nur noch ein paar „Ecken ausstopfen" mussten; und alle Befürchtungen waren vergessen. Sie waren nun bereit, jede beliebige Rede über sich ergehen zu lassen und nach jedem Satz Beifall zu spenden.

Meine lieben Leute!, begann Bilbo, von seinem Stuhl aufstehend, „Hört! Hört! Hört", riefen sie und wiederholten es im Chor so lange, bis man zweifeln konnte, ob sie bereit waren, den eigenen guten Rat zu befolgen. Bilbo verließ seinen Platz und stellte sich auf einen Stuhl zu Füßen des hell beleuchteten Baums. Das Licht der Laternen fiel auf sein strahlendes Gesicht; die goldenen Knöpfe glänzten an seiner bestickten Seidenweste. Alle konnten ihn sehen, wie er dort stand, mit der einen Hand in der Luft herumfuchtelnd, die andere Hand in der Hosentasche.

Meine lieben Beutlins und Boffins, begann er noch einmal, *meine lieben Tuks und Brandybocks, Spachtlers und Pausbackens, Löchners, Hornbläser, Bolgers, Straffgürtels, Gutleibs, Brockhäuser und Stolzfußens.* „Stolzfüßer!", rief ein älterer Hobbit aus dem hinteren Teil des Zeltes dazwischen. Er hieß natürlich Stolzfuß, und zwar mit Recht, denn er hatte große Füße mit außerordentlich dichtem Pelz, und beide lagen auf dem Tisch.

Stolzfußens, wiederholte Bilbo. *Und auch meine lieben Sackheim-Beutlins, die ich endlich wieder einmal in Beutelsend begrüßen darf. Heute ist mein hundertundelfter Geburtstag: Ich bin heute einundelfzig geworden!* „Hurra! Hurra! Hoch soll er leben!“, brüllten sie und trommelten begeistert auf die Tische. Bilbo war hervorragend. Solche Reden hörten sie gern: kurz und nichtssagend.

Ich hoffe, es gefällt euch allen ebenso wie mir. Ohrenbetäubender Beifall. Laute *Ja-* (und *Nein-*)Rufe. Trompeten, Hörner, Pfeifen, Flöten und noch andere Instrumente lärmten durcheinander. Wie schon gesagt, waren auch viele Jugendliche dabei. Hunderte von musikalischen Knallfröschen waren verteilt worden, die meisten mit dem Herkunftsstempel MADE IN THAL, der vielen Hobbits nichts sagte; aber alle fanden, dass sie hervorragend funktionierten. Sie enthielten jeder ein Instrument, ein sehr kleines zwar, doch von perfekter Machart und bezauberndem Klang. Einige junge Tuks und Brandybocks, in der Annahme, der Onkel Bilbo sei fertig (denn er hatte doch schon alles Nötige gesagt), stellten sogar ein Orchester auf die Beine und fingen an, aus dem Stegreif zum Tanz aufzuspielen. Der junge Herr Everard Tuk und Fräulein Melilot Brandybock sprangen auf den Tisch und begannen mit Schellen in den Händen einen Springelring zu tanzen: ein hübscher, aber ziemlich wuchtiger Tanz.

Aber Bilbo war noch nicht fertig. Von einem Jungen, der neben ihm stand, griff er sich ein Horn und stieß dreimal laut hinein. Der Lärm ließ nach. *Ich will euch nicht lange aufhalten,* rief er. Beifall von allen Anwesenden. *Ich habe euch alle zu einem bestimmten Zweck hier zusammengerufen.* Irgendwas an der Art, wie er das sagte, machte Eindruck. Es wurde fast still, und der eine oder andere von den Tuks spitzte die Ohren.

Eigentlich zu drei Zwecken: zuerst mal, euch zu sagen, dass ich euch alle sehr, sehr gern habe und dass einundelfzig Jahre für ein Leben unter so vortrefflichen und bewundernswerten Hobbits eine zu kurze Zeit sind. Stürmischer Beifall.

Ich kenne nicht die Hälfte von euch halb so gut, wie ich euch gern kennen würde; und ich habe nicht die Hälfte von euch halb so gern, wie ihr es verdienen würdet. Das kam unerwartet und klang ein bisschen kompliziert. Hier und da klatschte jemand, aber die meisten überlegten und versuchten sich drüber klar zu werden, ob es wirklich ein Kompliment war.

Zweitens, um meinen Geburtstag zu feiern. Wieder Beifall. *Oder, sollte ich sagen, UNSEREN Geburtstag. Denn Geburtstag hat natürlich auch mein Erbe und Neffe Frodo. Er wird heute jährig und tritt sein Erbe an.* Flüchtiger Beifall von den Älteren, ein paar laute Zurufe von Jugendlichen: „Frodo! Frodo, alter Knabe!" Die Sackheim-Beutlins schnitten Grimassen und fragten sich, was „sein Erbe antreten" hier wohl bedeuten mochte.

Zusammen sind wir hundertvierundvierzig Jahre alt. Eure Zahl wurde so bemessen, dass sie dieser stattlichen Summe entspricht: ein Gros, wenn ich einmal so sagen darf. Nun klatschte niemand. Das war zu albern. Viele Gäste, besonders die Sackheim-Beutlins, waren gekränkt, in dem sicheren Gefühl, dass man sie nur eingeladen hatte, um die Zahl voll zu machen – wie man Eier in einen Karton steckt. „Ein Gros, das ist die Höhe! Wie ordinär!"

Heute ist außerdem, wenn ich eine alte Geschichte erwähnen darf, der Jahrestag meiner Ankunft per Fass in Esgaroth am Langen See; allerdings ist mir die Tatsache, dass es mein Geburtstag war, damals entgangen. Ich war erst einundfünfzig und nahm die Geburtstage noch nicht so wichtig. Trotzdem war das Bankett auch damals sehr ansehnlich; nur erinnere ich mich, dass ich einen üblen Schnupfen hatte und bloß noch „dabke vielbals" sagen konnte. Das will ich heute in korrekter Form wiederholen. Ich danke euch vielmals, dass ihr zu meinem kleinen Fest gekommen seid. Betretenes Schweigen. Alle befürchteten, nun käme gleich ein Lied oder irgendwelche Lyrik. Allmählich fühlten sie sich angeödet. Warum konnte er nicht aufhören zu reden und sie auf sein Wohl trinken lassen? Aber Bilbo fing nicht an zu singen oder etwas aufzusagen. Er machte eine kurze Pause.

Drittens und zuletzt, sagte er, *möchte ich etwas BEKANNT GEBEN.* Das letzte Wort sagte er so laut und nachdrücklich, dass alle die Köpfe hoben, die noch dazu fähig waren. *Mit Bedauern gebe ich bekannt, dass dies – obwohl, wie schon gesagt, einundelfzig Jahre für ein Leben unter euch viel zu wenig sind – das ENDE ist. Ich gehe fort. Ich verlasse euch JETZT. AUF WIEDERSEHEN!*

Er stieg vom Stuhl herab und war verschwunden. Ein blendendes Licht blitzte auf, und alle Gäste mussten blinzeln. Als sie die Augen wieder aufbekamen, war Bilbo nirgendwo zu sehen. Hundertvierundvierzig entgeisterte Hobbits saßen da und waren sprachlos. Der alte Odo Stolzfuß nahm beide Füße vom Tisch und stampfte auf. Dann war es totenstill. Endlich, nachdem sie mehrere Mal tief durchgeatmet hatten, begannen sämtliche Beutlins, Boffins, Tuks, Brandybocks, Spachtlers, Pausbackens, Löchners, Bolgers, Straffgürtels, Brockhäusers, Gutleibs, Hornbläsers und Stolzfußens auf einmal zu reden.

Man war sich einig, dass es ein Scherz von sehr schlechtem Geschmack war und dass man nun erst mal etwas zu sich nehmen musste, um den Schock und den Ärger zu lindern. „Er ist verrückt, hab ich doch schon immer gesagt“, war wohl die am häufigsten zu hörende Bemerkung. Sogar die Tuks (mit wenigen Ausnahmen) fanden Bilbos Betragen unsinnig. Die meisten hielten es einstweilen für selbstverständlich, dass sein Verschwinden nicht mehr war als ein alberner Streich.

Aber der alte Rorig Brandybock war nicht so sicher. Weder das Alter noch die gewaltige Mahlzeit hatten seinen Verstand getrübt, und er sagte zu seiner Schwiegertochter Esmeralda: „Da ist doch etwas faul, meine Liebe! Ich glaube, dieser verrückte Beutlin ist wieder auf und davon. Alter Narr! Aber was sollen wir uns grämen? Das Wichtigste hat er ja dagelassen.“ Und er rief laut zu Frodo hinüber, dass die Weinflaschen noch mal herumgehen müssten.

Frodo war von allen der Einzige, der nichts gesagt hatte. Eine Zeit lang blieb er stumm neben Bilbos leerem Stuhl sitzen und ging auf all die Fragen und das Gerede nicht ein.

Ihm hatte Bilbos Streich gefallen, allerdings war er natürlich vorher eingeweiht worden. Es fiel ihm schwer, über die Entrüstung der verdutzten Gäste nicht laut zu lachen. Doch zugleich war er tief bewegt. Ihm wurde plötzlich klar, wie sehr er an dem alten Hobbit hing. Die meisten Gäste aßen und tranken weiter und erörterten Bilbo Beutlins frühere und derzeitige Schrullen; aber die Sackheim-Beutlins waren schon im Zorn geschieden. Frodo hatte von dem Fest genug. Er ließ noch mehr Wein auftragen; dann stand er auf, leerte stumm sein Glas auf Bilbos Wohl und huschte aus dem Zelt.

Und Bilbo Beutlin? Schon während er seine Rede hielt, hatte er mit dem goldenen Ring in seiner Tasche gespielt, dem Zauberring, dessen Geheimnis er so viele Jahre gewahrt hatte. Als er vom Stuhl stieg, schob er ihn sich auf den Finger und wurde von keinem Hobbit in Hobbingen je wieder gesehen.

Rasch ging er zu seiner Höhle. Dort blieb er einen Moment stehen und horchte lächelnd auf das Getöse aus dem Zelt und den Festtrubel von den anderen Teilen der Wiese. Dann ging er hinein. Er legte den Festtagsanzug ab, faltete die bestickte Seidenweste zusammen, wickelte sie in Seidenpapier und steckte sie weg. Schnell streifte er ein paar alte, geflickte Sachen über und schnallte einen abgewetzten Ledergürtel um. Daran hängte er ein kurzes Schwert in einer Scheide aus verwittertem schwarzem Leder. Aus einer verschlossenen Schublade, die nach Mottenkugeln roch, holte er einen alten Kapuzenmantel hervor. Er hatte ihn verwahrt wie eine Kostbarkeit, doch hatte er so viele Flicken und Flecken, dass die ursprüngliche Farbe kaum mehr zu erraten war; vielleicht war er einmal dunkelgrün gewesen. Obendrein war er ihm etwas zu groß. Dann ging er in sein Studierzimmer und nahm aus einer großen eisernen Truhe ein in Lappen gewickeltes Bündel und ein in Leder gebundenes Buch, außerdem einen großen, festen Briefumschlag. Buch und Bündel stopfte er zuoberst in einen bereitstehenden schweren Rucksack, der schon fast voll war. In den Umschlag steckte er seinen goldenen Ring mitsamt dem

Kettchen, dann verschloss er ihn und schrieb Frodos Namen drauf. Zuerst legte er ihn auf den Kaminsims, aber plötzlich nahm er ihn wieder weg und steckte ihn sich in die Tasche. In diesem Augenblick ging die Tür auf, und Gandalf kam rasch herein.

„Hallo!", sagte Bilbo. „Ich fragte mich schon, ob du noch mal hereinschaust."

„Ich bin froh, dich sichtbar vorzufinden", antwortete der Zauberer und setzte sich auf einen Stuhl. „Ich wollte dich unbedingt noch mal erwischen und ein paar letzte Worte loswerden. Ich nehme an, du findest, dass alles bestens und nach Plan verlaufen ist?"

„Ja, finde ich", sagte Bilbo. „Nur dieser Blitz kam unvorhergesehen; er hat sogar mich erschreckt, umso mehr die anderen. Eine kleine Zugabe von dir, nehm ich an?"

„Allerdings. Du hast klugerweise diesen Ring all die Jahre über geheim gehalten, und ich fand es nötig, deinen Gästen etwas zu bieten, das dein plötzliches Verschwinden scheinbar erklären könnte."

„Und das mir den Spaß verdirbt!", sagte Bilbo und lachte. „Musst du dich denn in alles einmischen? Aber wahrscheinlich weißt du es wieder mal am besten."

„Freilich – alles, was ich weiß, weiß ich am besten. Aber in dieser Sache bin ich mir nicht so sicher. Sie wäre nun abgeschlossen. Deinen Spaß hast du gehabt, die meisten deiner Verwandten schockiert oder beleidigt und dem ganzen Auenland Gesprächsstoff für neun bis neunundneunzig Tage gegeben. Hast du noch mehr dergleichen vor?"

„In der Tat! Mir ist nach einem Urlaub zumute, einem sehr langen Urlaub, wie ich dir schon sagte. Wahrscheinlich wird es ein Dauerurlaub. Ich glaube nicht, dass ich wiederkomme. Jedenfalls habe ich nicht die Absicht, und ich habe alle Vorkehrungen getroffen.

Ich bin alt, Gandalf. Man sieht es mir nicht an, aber im Innersten spüre ich's nun. *Noch gut erhalten,* von wegen!", schnob er. „Nun, ich komme mir dünn vor, sozusagen *gestreckt,* versteh mich recht, wie zu dünn aufs Brot gestrichene Butter. Das kann doch nicht in Ordnung sein. Ich brauche eine Veränderung, irgend so etwas."

Gandalf musterte ihn eindringlich. „Nein, das kann wohl nicht in Ordnung sein", sagte er nachdenklich. „Nein, letzten Endes, glaube ich, ist dein Plan wahrscheinlich der beste."

„Jedenfalls, ich bin fest entschlossen. Ich will wieder Berge sehn, Gandalf, *Berge,* und dann einen Ort finden, wo ich meine Ruhe habe. Wo man mich in Frieden lässt, wo diese Horde von neugierigen Verwandten mir nicht zusetzt, wo nicht dauernd irgendein lästiger Besuch vor der Tür steht. Vielleicht finde ich sogar einen Ort, wo ich mein Buch zu Ende schreiben kann. Ich habe mir schon einen hübschen Schluss ausgedacht: *Und er lebte glücklich und zufrieden bis ans Ende seiner Tage."*

Gandalf lachte. „Das wünsche ich ihm. Aber niemand wird das Buch lesen, egal wie es endet."

„Ach, vielleicht doch der eine oder andere, in späteren Jahren. Frodo hat schon einiges gelesen, so weit, wie ich gekommen bin. Du wirst doch ein Auge auf Frodo haben, ja?"

„Sogar zwei Augen, sooft ich sie entbehren kann."

„Er würde mich selbstverständlich begleiten, wenn ich ihn darum bäte. Er hat es mir sogar schon angeboten, kurz vor dem Fest. Aber eigentlich möchte er nicht fort, noch nicht. Ich will, bevor ich sterbe, das wilde Land noch einmal sehn und das Gebirge; er aber hängt noch zu sehr am Auenland mit seinen Wiesen und Wäldern und den kleinen Flüssen. Hier müsste es ihm gut gehen. Natürlich hinterlasse ich ihm alles bis auf ein paar Kleinigkeiten. Ich hoffe, er wird glücklich, wenn er sich erst mal daran gewöhnt hat, auf eigenen Füßen zu stehn. Es wurde Zeit, dass er sein eigener Herr wird."

„Alles?", sagte Gandalf. „Auch den Ring? Darin hattest du eingewilligt, erinnere dich!"

„Na, hm, ja, ich denke schon", stammelte Bilbo.

„Wo ist er?"

„In einem Umschlag, wenn du's unbedingt wissen musst", sagte Bilbo gereizt. „Da auf dem Kaminsims. Ach nein! Ich hab ihn ja noch in der Tasche!" Er zögerte. „Ist das nicht sonderbar?", sagte er leise zu sich selbst. „Aber

warum denn auch nicht? Warum kann er nicht dort bleiben?“
Gandalf musterte ihn wieder, diesmal sehr scharf und mit einem Funkeln in den Augen. „Ich an deiner Stelle würde ihn hier lassen, Bilbo“, sagte er ruhig. „Willst du’s nicht?“
„Na ja – und nein. Jetzt, wo es so weit ist, habe ich gar keine Lust, mich von ihm zu trennen, wenn ich das sagen darf. Und ich sehe nicht ein, warum ich es sollte. Warum verlangst du das von mir?“, fragte er, und seine Stimme veränderte sich merkwürdig. Sie klang scharf vor Ärger und Argwohn. „Immer löcherst du mich wegen des Rings! Wegen der anderen Dinge, die ich von meiner Fahrt mitgebracht habe, hast du mir nie so zugesetzt.“
„Nein, aber ich musste dich löchern“, sagte Gandalf. „Ich wollte die Wahrheit wissen. Es war wichtig. Zauberringe sind – nun, eben Zauberringe; sie sind selten und sonderbar. Ich war sozusagen von Berufs wegen an deinem Ring interessiert und bin es noch. Ich will wissen, wo er sich befindet, wenn du wieder auf Wanderschaft gehst. Und ich denke auch, du hast ihn lange genug gehabt. Du wirst ihn nicht mehr brauchen, Bilbo, wenn ich mich nicht sehr irre.“
Bilbo lief rot an, und ein zorniges Glitzern trat in seine Augen. Sein freundliches Gesicht schien zu versteinern. „Warum nicht?“, rief er. „Und was geht es überhaupt dich an; warum musst du unbedingt wissen, was ich mit meinen Sachen mache? Er gehört mir. Ich hab ihn gefunden. Er ist zu mir gekommen!“
„Ja, ja“, sagte Gandalf. „Kein Grund, gleich böse zu werden!“
„Und wenn ich böse werde, bist du schuld!“, sagte Bilbo. „Mir gehört er, sag ich dir. Er ist meiner. Mein Schatz. Ja, mein Schatz.“
Die Miene des Zauberers blieb ernst und gefasst, und nur ein Flackern in der Tiefe seiner Augen verriet, dass er besorgt und sogar erschrocken war. „So hat ihn doch schon mal jemand genannt“, sagte er, „aber das warst nicht du.“
„Aber jetzt sag ich’s. Und warum nicht? Auch wenn Gollum mal dasselbe gesagt hat. Jetzt gehört er nicht ihm, sondern mir. Und ich behalte ihn, sag ich!“
Gandalf stand auf. Er schlug einen scharfen Ton an. „Du

bist ein Narr, wenn du das tust, Bilbo“, sagte er. „Mit jedem Wort, das du sagst, machst du das deutlicher. Er hat dich schon viel zu fest in seiner Gewalt. Lass ihn los! Und dann kannst du selbst losgehen und bist von ihm frei.“

„Ich tu, was mir beliebt, und gehe, wenn es mir passt“, beharrte Bilbo.

„Komm, komm, mein lieber Hobbit!“, sagte Gandalf. „Dein ganzes langes Leben lang waren wir Freunde, und du bist mir etwas schuldig. Also tu, was du versprochen hast: Gib den Ring auf!“

„Aber wenn du den Ring für dich haben willst, dann sag’s doch!“, rief Bilbo. „Aber du kriegst ihn nicht. Ich sage dir, ich gebe meinen Schatz nicht her.“ Seine Hand zuckte zum Heft seines kleinen Schwerts hin.

Gandalfs Augen blitzten. „Jetzt werde ich gleich böse“, sagte er, „wenn du das noch mal sagst. Dann lernst du Gandalf den Grauen einmal anders kennen.“ Er trat dem Hobbit einen Schritt näher und schien dabei bedrohlich in die Höhe zu wachsen. Sein Schatten erfüllte das ganze kleine Zimmer.

Schwer atmend wich Bilbo zurück bis zur Wand, mit der Hand an der Tasche zerrend. Einen Moment lang standen sie sich gegenüber, und die Luft im Zimmer schien zu knistern. Gandalf hielt den Blick auf den Hobbit geheftet. Langsam entkrampften sich Bilbos Hände, und er fing an zu zittern.

„Ich weiß nicht, was in dich gefahren ist, Gandalf“, sagte er. „So bist du noch nie gewesen. Was soll das alles? Er gehört mir doch, oder nicht? Ich habe ihn gefunden, und Gollum hätte mich getötet, wenn ich ihn nicht behalten hätte. Ich bin kein Dieb, wie er gesagt hat.“

„Ich habe nie gesagt, dass du einer bist“, antwortete Gandalf. „Und auch ich bin keiner. Ich will ihn dir nicht rauben, ich will dir helfen. Wenn du mir doch nur vertrauen würdest, wie früher!“ Er wandte sich ab, und der Schatten verschwand. Gandalf schien wieder zu schrumpfen: ein grauer alter Mann, gebeugt und sorgenbeladen.

Bilbo strich sich mit der Hand über die Augen. „Tut mir Leid“, sagte er. „Aber mir war so komisch. Und dabei wäre es doch eine gewisse Erleichterung, ihn nicht mehr herumschleppen zu müssen. In letzter Zeit hat er in meinem Kopf immer mehr Platz eingenommen. Manchmal kam es mir vor, als würde er mich ansehen wie ein Auge. Und, verstehst du, ich habe ständig den Wunsch, ihn auf den Finger zu stecken und zu verschwinden; oder ich mache mir Sorgen, ob er in Sicherheit ist, und hole ihn hervor, um mich zu vergewissern. Ich habe versucht, ihn wegzuschließen, merkte aber, ich hatte keine Ruhe, wenn er nicht in meiner Tasche war. Warum, weiß ich nicht. Und mir scheint, ich kann mich nicht entscheiden."

„Dann überlass mir das", sagte Gandalf. „Ich bin entschieden. Geh fort und lass den Ring hier! Du darfst ihn nicht länger besitzen. Gib ihn Frodo, und um Frodo werde ich mich kümmern."

Bilbo stand einen Moment steif und unschlüssig da. Er seufzte. „Na schön", sagte er, und es kostete ihn Überwindung. „Ich tu's." Dann zuckte er die Achseln und lächelte, aber ein bisschen kläglich. „Schließlich ging es doch bei diesem ganzen Fest nur darum: haufenweise Geburtstagsgeschenke herzugeben, in der Hoffnung, dass es dadurch leichter würde, ihn auch herzugeben. Es ist zwar am Ende dadurch nicht leichter geworden, aber es wäre doch schade, wenn all die Vorbereitungen vergeblich gewesen sein sollten. Damit wäre der Spaß erst recht verdorben."

„In der Tat, es würde der Sache den einzigen Sinn nehmen, den ich je darin sehen konnte", sagte Gandalf.

„Also gut", sagte Bilbo, „Frodo bekommt ihn mit allem Übrigen." Er holte tief Luft. „Und nun muss ich wirklich aufbrechen, sonst erwischt mich noch jemand anders. Ich habe schon auf Wiedersehn gesagt, und einen zweiten Abschied könnte ich nicht ertragen." Er hob den Rucksack auf und ging zur Tür.

„Du hast den Ring immer noch in der Tasche", sagte der Zauberer.

„Ach ja, stimmt!", rief Bilbo. „Und mein Testament und all die anderen Urkunden auch. Am besten, du nimmst es und übergibst es in meinem Namen. So ist es am sichersten."

„Nein, gib den Ring nicht mir!", sagte Gandalf. „Leg ihn auf den Kaminsims. Da liegt er sicher genug, bis Frodo kommt. Ich werde auf ihn warten."

Bilbo nahm den Umschlag aus der Tasche, aber gerade, als er ihn an die Uhr lehnen wollte, zuckte seine Hand zurück, und das Päckchen fiel zu Boden. Bevor er es aufheben konnte, hatte der Zauberer sich schon gebückt, es genommen und an seinen Platz gelegt. Das Gesicht des Hobbits wurde wieder starr vor Zorn, aber gleich darauf lockerte es sich in einem erleichterten Auflachen.

„Also, das wär's", sagte er. „Ich geh los."

Sie traten hinaus auf die Diele. Bilbo nahm sich seinen Lieblingsstock aus dem Schirmständer; dann pfiff er. Drei Zwerge kamen aus drei verschiedenen Zimmern, in denen sie zu tun gehabt hatten.

„Alles fertig?", fragte Bilbo. „Alles eingepackt und mit Schildchen dran?"

„Alles", antworteten sie.

„Na, dann los!" Er trat aus der Tür.

Es war eine schöne Nacht, und der schwarze Himmel war mit Sternen gesprenkelt. Er blickte hoch und prüfte schnuppernd die Luft. „Was bin ich froh! Was bin ich froh, wieder loszugehn, mit Zwergen unterwegs zu sein! Das hat mir gefehlt, seit Jahren schon! Auf Wiedersehn!", sagte er und blickte noch mal zu seiner Höhle zurück, mit einer Verbeugung vor der Tür. „Auf Wiedersehn, Gandalf!"

„Auf Wiedersehn, Bilbo, einstweilen! Gib auf dich Acht! Alt genug bist du, und gescheit genug vielleicht auch."

„Auf mich Acht geben? Ich denk nicht dran. Mach dir keine Sorgen um mich! Ich bin so glücklich wie nur je zuvor, und das will etwas heißen. Aber nun ist es Zeit. Nun endlich zieht es mich fort", fügte er hinzu, und dann, mit leiser Stimme, sang er im Dunkeln vor sich hin:

Die Straße gleitet fort und fort,
Weg von der Tür, wo sie begann,
Weit überland, von Ort zu Ort,
Ich folge ihr, so gut ich kann.
Ihr lauf ich raschen Fußes nach
Bis sie sich groß und breit verflicht
Mit Weg und Wagnis tausendfach.
Und wohin dann? Ich weiß es nicht.

Er hielt einen Augenblick inne. Dann, ohne ein weiteres Wort, wandte er sich weg von den Lichtern und dem Stimmengewirr auf dem Festplatz und in den Zelten, ging von seinen drei Begleitern gefolgt durch den Garten und schritt den langen, abschüssigen Pfad hinab. Unten sprang er an einer niedrigen Stelle über die Hecke, schlug den Weg über die Wiesen ein und verschwand in der Nacht wie ein raschelnder Windhauch im Grase.

Gandalf blieb noch eine Weile stehen und sah ihm durch die Dunkelheit nach. „Lebe wohl, mein guter Bilbo – bis zu unserm nächsten Wiedersehen!“, sagte er leise und ging nach drinnen.

Bald darauf kam Frodo und fand ihn im Dunkeln sitzend, tief in Gedanken. „Ist er fort?“, fragte er.

„Ja“, antwortete Gandalf, „er ist schließlich doch gegangen.“

„Ich wünschte – ich meine, bis heute Abend hab ich gehofft, dass es nur ein Scherz war“, sagte Frodo. „Aber im Grunde wusste ich, dass er wirklich fort wollte. Er hat schon immer Witze gemacht über Dinge, die ihm ernst waren. Ich wünschte, ich wäre früher gekommen, um Abschied zu nehmen.“

„Ich glaube, ihm war es am Ende lieber, in aller Stille verschwinden zu können“, sagte Gandalf. „Mach dir nicht zu viel Sorgen. Er wird jetzt wohlauf sein. Er hat ein Päckchen für dich hinterlassen. Da liegt es!“

Frodo nahm den Umschlag vom Kaminsims und betrachtete ihn, ohne ihn zu öffnen.

„Darin findest du sein Testament und alle andern Urkunden, glaube ich“, sagte der Zauberer. „Du bist nun der Herr von Beutelsend. Und außerdem, denk ich mir, wirst du einen goldenen Ring darin finden.“

„Den Ring!“, rief Frodo aus. „Den hat er mir auch dagelassen? Warum nur? Immerhin, vielleicht ist er ja nützlich.“

„Vielleicht ist er das, vielleicht nicht“, sagte Gandalf. „Ich an deiner Stelle würde ihn nicht benutzen. Aber halte ihn geheim und gut verwahrt. Ich gehe jetzt schlafen.“

Als Herr von Beutelsend hielt es Frodo für seine lästige Pflicht, die Gäste zu verabschieden. Gerüchte von seltsamen Vorfällen hatten sich inzwischen über die ganze Festwiese ausgebreitet, aber Frodo wollte dazu nichts weiter sagen, als dass sich am Morgen alles ohne Zweifel aufklären werde. Gegen Mitternacht kamen die Kutschen für die besseren Herrschaften. Eine nach der andern rollten sie davon, voller satter und dennoch unbefriedigter Hobbits. Dann, wie vorher verabredet, kamen Gärtner und entfernten die versehentlich Liegengelassenen mit Schubkarren.

Langsam verging die Nacht. Die Sonne stieg an den Himmel. Die Hobbits stiegen noch lange nicht aus den Betten. Der Morgen ging in den Vormittag über. Leute kamen (sie waren herbestellt) und fingen an, die Zelte, Tische und Stühle wegzuräumen, die Messer, Löffel, Flaschen und Teller, die Laternen und Blumentöpfe, die Krümel, die abgebrannten Knallfrösche, die vergessenen Handtaschen, Handschuhe und Taschentücher und die übrig gebliebenen Speisen (ein sehr kleiner Posten). Dann kam eine Anzahl anderer (nicht herbestellter) Leute: Beutlins, Boffins, Bolgers, Tuks und andere Gäste, die in der Nähe wohnten oder übernachtet hatten. Gegen Mittag, als auch die Bestabgefüllten wieder auf den Beinen waren, stand in Beutelsend ein großer Haufen uneingeladener, aber nicht unerwarteter Besucher vor der Tür.

Frodo empfing sie auf der Schwelle, lächelnd, aber ziemlich müd und besorgt dreinschauend. Er begrüßte alle, die kamen, hatte ihnen aber nicht viel mehr zu sagen als am Abend vorher. Seine Antwort auf alle Erkundigungen lautete einfach: „Herr Bilbo Beutlin ist fort; soviel ich weiß, für immer.“ Manche Besucher bat er herein, weil Bilbo eine „Nachricht“ für sie hinterlassen hatte.

In der Diele lag ein großer Stapel Pakete und Päckchen, auch einige kleinere Möbelstücke. An jedem war ein Kärtchen festgebunden. Auf einigen stand etwas von der Art:

Für Adelard Tuk zum mitnehmen, von Bilbo; an einem Regenschirm. Adelard hatte schon viele mitgenommen, auch ohne dass ein Kärtchen ihn dazu aufforderte.

Für Dora Beutlin im Gedenken am eine lange Korrespon-

denz, schönen Gruß, Bilbo; an einem großen Papierkorb. Dora war Drogo Beutlins Schwester, Bilbos und Frodos älteste lebende Verwandte; sie war neunundneunzig und hatte Bilbo seit über einem halben Jahrhundert Bände voller guter Ratschläge geschrieben.

Für Milo Löchner in der Hoffnung, dass es was nützt, von B. B.; an einem goldenen Federhalter mit Tintenfass. Milo blieb auf alle Briefe die Antwort schuldig.

Für Angelika, zur geflissentlichen Verwendung, von Onkel Bilbo; an einem runden Zerrspiegel. Angelika war eine junge Beutlin und machte sich allzu offensichtlich gern selbst schöne Augen.

Für Hugo Straffgürtels Sammlung, von einem Leihgeber; an einem (leeren) Bücherregal. Hugo war groß im Bücherentleihen und nicht so gut im Zurückgeben.

Für Lobelia Sackheim-Beutlin als Geschenk; an einem Karton silberne Löffel. Bilbo glaubte, dass sie sich etliche von seinen Löffeln angeeignet hatte, als er auf seiner großen Fahrt war. Lobelia glaubte das nicht, sie wusste es, und als sie später am Tage kam, verstand sie sofort, wie es gemeint war. Die Löffel nahm sie trotzdem.

Dies waren nur einige von den Geschenken, die dort bereit lagen. In Bilbos Behausung hatte sich im Laufe seines langen Lebens allerhand Zeug angesammelt. Die meisten Hobbithöhlen wurden mit der Zeit voll gestopft, woran die Sitte, so viele Geburtstagsgeschenke zu verteilen nicht wenig Anteil hatte. Zwar schenkte man seinen Gästen natürlich nicht immer *neue* Sachen, und ein oder zwei alte *Mathoms,* deren Verwendungszweck niemand mehr kannte, waren schon in der ganzen Gegend reihum gegangen; doch Bilbo hatte gewöhnlich neue Geschenke gemacht und die seinerseits empfangenen Geschenke behalten. Nun wurde in der alten Höhle mal ein wenig Platz geschaffen.

An jedem dieser Abschiedsgeschenke hing also ein von Bilbo eigenhändig geschriebenes Kärtchen, in manchen Fällen mit einer kleinen Spitze oder einem Scherz. Aber natürlich gingen die meisten Dinge an jemanden, der sie gut gebrau-

chen konnte. Die ärmeren Hobbits und besonders die vom Beutelhaldenweg wurden reichlich bedacht. Der alte Ohm Gamdschie bekam zwei Sack Kartoffeln, einen ganz neuen Spaten, eine wollene Weste und eine Flasche mit einem Einreibmittel gegen knirschende Gelenke. Der alte Brandybock, zum Dank für oft erwiesene Gastfreundschaft, bekam ein Dutzend Flaschen Alter Wingert: ein starker Rotwein aus dem Südviertel, nun gut ausgereift, denn schon Bilbos Vater hatte ihn eingekellert. Rorig verzieh Bilbo nach der ersten Flasche so gut wie alles und sang ihm eine Hymne.
Für Frodo blieb von allem noch mehr als genug übrig. Und natürlich wurden ihm die wichtigsten Kostbarkeiten hinterlassen, ebenso wie die Bücher, die Bilder und mehr Möbel, als er brauchen konnte. Im Übrigen war von Geld oder Juwelen nichts zu sehen und nichts zu hören: Nicht ein Pfennig und nicht eine Glasperle wurden verschenkt.

Der Nachmittag wurde für Frodo sehr unangenehm. Ein falsches Gerücht, dass der ganze Haushalt aufgelöst und kostenlos verteilt werde, breitete sich wie ein Lauffeuer aus, und binnen kurzem war die Höhle voller Leute, die dort nichts zu suchen hatten, sich aber nicht fern halten ließen. Schildchen wurden abgerissen und durcheinander gemischt, und Streitereien brachen aus. Manche wollten in der Diele Tauschgeschäfte machen; andere versuchten, kleinere Gegenstände mitgehen zu lassen, die nicht für sie bestimmt waren oder so aussahen, als ob niemand auf sie Wert legte oder aufpasste. Der Weg zum Gartentor war von Schub- und Handkarren verstopft.
Mitten hinein in dieses Durcheinander platzten die Sackheim-Beutlins. Frodo hatte sich für eine Weile zurückgezogen, und sein Freund Merry Brandybock sah für ihn nach dem Rechten. Als Otho lauthals mit Frodo zu sprechen verlangte, machte Merry eine artige Verbeugung:
„Er ist indisponiert“, sagte er. „Er pflegt der Ruhe.“
„Er versteckt sich, wollen Sie sagen“, sagte Lobelia. „Jedenfalls, wir müssen ihn sprechen, und wir werden ihn sprechen! Gehn Sie und sagen Sie ihm das!“
Merry ließ sie eine ganze Weile in der Diele warten, sodass

sie Zeit hatten, ihr Abschiedsgeschenk, die Löffel, zu entdecken. Ihre Laune besserte sich dadurch nicht. Schließlich wurden sie ins Studierzimmer gebeten. Frodo saß an einem Tisch voller Papiere. Man sah ihm an, dass er indisponiert war – zumindest für ein Gespräch mit den Sackheim-Beutlins; und als er aufstand, spielte er mit etwas in seiner Tasche herum. Aber er war sehr höflich.

Die Sackheim-Beutlins waren eher kampflustig. Zuerst boten sie ihm einen lächerlichen Freundschaftspreis für etliche nicht beschilderte Wertsachen. Als Frodo erwiderte, dass nur die von Bilbo speziell für jemanden vorgesehenen Dinge hergegeben würden, sagten sie, die ganze Affäre sei doch oberfaul.

„Nur eins ist mir klar“, sagte Otho, „nämlich dass Sie unerhört gut dabei wegkommen. Ich verlange das Testament zu sehen.“ Otho wäre Bilbos Erbe gewesen, wäre Frodos Adoption nicht dazwischengekommen. Er las das Testament genau durch und rümpfte die Nase. Zu seinem Unglück war es sehr klar und korrekt (gemäß den Rechtsbräuchen der Hobbits, die unter anderem sieben Zeugenunterschriften in roter Tinte erforderten).

„Wieder alles umsonst!“, sagte er zu seiner Frau.“ Und das, nachdem wir *sechzig* Jahre haben warten müssen! Löffel? Tinnef!“ Und mit einer wegwerfenden Handbewegung gegen Frodo stapfte er hinaus. Aber Lobelia ließ sich nicht so leicht abwimmeln. Etwas später, als Frodo aus dem Studierzimmer kam, um zu sehen, wie es draußen stand, war sie immer noch da, stöberte in den Nischen und Winkeln herum und klopfte den Fußboden ab. Er geleitete sie energisch zur Tür, aber erst, nachdem er sie um etliche kleine, aber ziemlich wertvolle Gegenstände erleichtert hatte, die irgendwie in ihren Regenschirm gefallen waren. Ihre Miene verriet, dass sie innerlich nach den wahrhaft vernichtenden Worten rang, die sie ihm zum Abschied ins Gesicht schleudern könnte; aber als sie sich auf der Schwelle noch einmal umdrehte, fiel ihr nichts Besonderes ein:

„Das werden Sie noch bereuen, junger Mann! Warum sind Sie nicht auch verschwunden? Sie gehören hier nicht her, Sie sind kein Beutlin – Sie ... Sie sind ein Brandybock!“

„Hast du das gehört, Merry? Das war eine Beleidigung, wenn man so will“, sagte Frodo, als er die Tür hinter ihr zumachte.

„Es war ein Kompliment“, sagte Merry Brandybock, „und darum stimmt es natürlich nicht.“

Dann machten sie die Runde durch die ganze Höhle und setzten drei junge Hobbits an die Luft (zwei Boffins und einen Bolger), die im Begriff waren, Löcher in die Wände eines Kellers zu meißeln. Frodo musste noch gegen den jungen Sancho Stolzfuß (Odos Enkel) handgreiflich werden, der in der größeren Speisekammer, wo er auf ein Echo gestoßen zu sein glaubte, mit Grabungsarbeiten begonnen hatte. Die Mär von Bilbos Gold erweckte sowohl Neugier als auch Hoffnung, denn märchenhaftes Gold (auf mysteriöse, wenn nicht geradezu unrechtmäßige Weise erlangt) gehört, wie jeder weiß, jedem, der es findet – es sei denn, er wird bei der Suche gestört.

Als Frodo mit Sancho fertig geworden war und ihn hinausgeworfen hatte, ließ er sich in der Diele auf einen Stuhl fallen. „Wird Zeit, dass wir die Bude dicht machen, Merry“, sagte er. „Schließ die Tür ab und lass heute niemanden mehr rein, und wenn er mit einem Rammbock kommt!“ Dann ging er sich mit einer verspäteten Tasse Tee stärken.

Kaum hatte er sich hingesetzt, als es leise an die Höhlentür klopfte. „Sicher noch mal Lobelia“, dachte er. „Inzwischen muss ihr ein richtig gemeiner Spruch eingefallen sein, und um den loszuwerden, kommt sie noch mal zurück. Das kann warten.“

Also ließ er sich bei seinem Tee nicht stören. Es klopfte noch mal, viel lauter, aber er achtete nicht drauf. Plötzlich tauchte vor dem Fenster der Kopf des Zauberers auf.

„Wenn du mich nicht reinlässt, Frodo, dann jag ich dir die Tür durch deine ganze Höhle, bis sie auf der andern Seite vom Bühl wieder rauskommt!“, schrie er.

„Ach, mein lieber Gandalf! Sekunde!“, rief Frodo und rannte aus dem Zimmer und zur Tür. „Komm rein! Komm rein, ich dachte, es ist Lobelia.“

„Dann sei dir verziehen. Aber ich hab sie vor einem Weilchen gesehen, wie sie in einem Pony-Gig nach Wasserau kutschiert ist, mit einem Gesicht, das den Wein im Glas trüben könnte.“

„Mir hat sie schon den ganzen Tag getrübt. Ehrlich, fast hätte ich Bilbos Ring ausprobiert. Ich wäre gern verschwunden.“

„Tu das bloß nicht!“, sagte Gandalf und setzte sich. „Sei sehr vorsichtig mit diesem Ring, Frodo! Überhaupt bin ich teilweise deshalb gekommen, weil es dazu noch ein Wort zu sagen gibt.“

„Ja, und was ist damit?“

„Was weißt du denn schon?“

„Nur, was Onkel Bilbo mir gesagt hat. Ich habe seine Geschichte gehört: wie er ihn gefunden und wie er ihn gebraucht hat – auf seiner Reise, meine ich.“

„Ich frage mich nur, welche Geschichte?“, sagte Gandalf.

„Ach, nicht so wie er sie den Zwergen erzählt und in sein Buch geschrieben hat“, sagte Frodo. „Er hat mir die Wahrheit erzählt, bald nachdem ich hierher gezogen war. Er sagte, du habest ihm so lange zugesetzt, bis er sie dir erzählt hat, und darum sollte ich sie besser auch kennen. ‚Wir wollen keine Geheimnisse voreinander haben, Frodo‘, hat er gesagt, ‚aber die Sache darf sich nicht weiter herumsprechen. Jedenfalls gehört er mir.‘“

„Interessant“, sagte Gandalf. „Na, und was hältst du von alledem?“

„Wenn du meinst, von dem, was er sich da mit dem ‚Geschenk‘ ausgedacht hatte, na ja, da fand ich die wahre Geschichte doch viel glaubhafter und konnte gar nicht verstehen, warum er sie abgeändert hat. Es sah Bilbo überhaupt nicht ähnlich, und ich fand es ganz eigenartig.“

„Das fand ich auch. Aber wer solche Dinge besitzt und von ihnen Gebrauch macht, dem kann schon Eigenartiges geschehen. Lass es dir eine Warnung sein, und geh sehr vorsichtig damit um! Es hat vielleicht noch andere Kräfte als die, dich auf Wunsch unsichtbar zu machen.“

„Ich verstehe nicht“, sagte Frodo.

„Ich auch nicht“, antwortete der Zauberer. „Ich fange erst

an, mir über diesen Ring Gedanken zu machen, besonders seit gestern Abend. Kein Grund zur Besorgnis. Aber wenn du auf meinen Rat hörst, dann benutzt du ihn sehr selten oder nie. Zumindest, bitte ich dich, benutze ihn nie auf eine Weise, die dich ins Gerede bringt oder Verdacht weckt. Ich sag dir noch einmal: Verwahre ihn sicher, und halte ihn geheim!"

„Das klingt sehr mysteriös. Was gibt es denn zu befürchten?"

„Ich bin mir nicht sicher, darum will ich nicht mehr sagen. Vielleicht kann ich dir etwas sagen, wenn ich wiederkomme. Ich muss jetzt gleich fort; also sag ich dir einstweilen Lebewohl." Er stand auf.

„Jetzt gleich!", rief Frodo. „Wie, ich dachte, du wolltest mindestens eine Woche bleiben. Ich habe auf deine Hilfe gerechnet."

„Ich hatte auch vor, zu bleiben – aber ich musste es mir anders überlegen. Es kann sein, dass ich eine ganze Weile fort bin; aber ich besuche dich wieder, sobald ich kann. Erwarte mich nicht; wenn ich da bin, bin ich da. Ich komme in aller Stille. Ich darf mich im Auenland nicht mehr allzu oft sehen lassen. Ich merke, ich habe mich hier ziemlich unbeliebt gemacht. Es heißt, ich sei eine Landplage und ein Ruhestörer. Manche Leute behaupten sogar, ich hätte Bilbo irgendwie weggehext oder wer weiß, was noch. Wenn du's hören willst: Man munkelt, wir beide, du und ich, steckten unter einer Decke und hätten Bilbo um seinen Besitz gebracht."

„Was es doch für Leute gibt!", rief Frodo. „Du meinst Otho und Lobelia. Wie abscheulich! Ich würde ihnen Beutelsend mitsamt allem anderen überlassen, wenn ich dafür Bilbo zurückbekäme und mit ihm durchs Land stromern könnte. Ich liebe unser Auenland. Aber allmählich kommt mir der Wunsch, ich wäre auch fortgegangen. Ich frage mich, ob ich ihn je wiedersehn werde."

„Das frag ich mich auch", sagte Gandalf. „Aber ich habe noch viele andere Fragen. Aber nun leb wohl! Pass auf dich auf! Erwarte mich, besonders zu ungelegenen Zeiten. Auf Wiedersehn!"

Frodo brachte ihn zur Tür. Der Zauberer winkte ihm noch einmal zu und schritt erstaunlich schnell davon; dennoch fand Frodo, dass der Alte ungewöhnlich krumm ging, fast so, als trüge er eine schwere Last. Der Abend brach herein, und bald war der graue Mantel in der Dämmerung verschwunden. Frodo sah ihn lange nicht wieder.

Zweites Kapitel
Der Schatten der Vergangenheit

Des Geredes war nach neun und auch nach neunundneunzig Tagen kein Ende. Das zweite Verschwinden des Herrn Bilbo Beutlin blieb in Hobbingen und mehr oder weniger im ganzen Auenland über Jahr und Tag ein Gesprächsstoff, und in Erinnerung blieb es noch viel länger. Zuerst wurde daraus eine Gutenachtgeschichte für kleine Hobbits, und schließlich war der irre Beutlin, der immer mit Blitz und Donner verschwand und mit Säcken voll Gold und Edelsteinen wieder auftauchte, eine populäre Sagengestalt, die noch lange fortlebte, als die wirklichen Ereignisse schon vergessen waren.

Einstweilen aber ging die öffentliche Meinung in der Nachbarschaft dahin, dass Bilbo, der schon immer ein bisschen gesponnen habe, nun vollends durchgedreht und ins Blaue hinein davongerannt sei. Sicherlich war er irgendwo in einen Fluss oder Teich gefallen und hatte dort ein zwar tragisches, aber keineswegs unzeitiges Ende gefunden. Die Schuld suchten die meisten bei Gandalf.

„Wenn doch nur dieser verdammte Zauberer den jungen Frodo in Ruhe ließe – dann wird er vielleicht doch noch ein gestandener Hobbit und der gesunde Hobbitverstand siegt“, sagten sie. Und allem Anschein nach ließ der Zauberer Frodo tatsächlich in Ruhe, und dass Frodo inzwischen ein gestandener Hobbit war, konnte man kaum bezweifeln, aber vom Sieg des gesunden Hobbitverstandes war nicht viel zu bemerken. Den von Bilbo ererbten Ruf der Kauzigkeit begann er sofort zu pflegen. Er dachte nicht daran, in Trauer zu gehen, und im Jahr darauf gab er ein Fest zu Bilbos hundertzwölftem Geburtstag, das er eine Langzentnerfeier nannte. Doch die Zahl der Gäste blieb weit hinter einem solchen Anspruch zurück, denn nur zwanzig waren geladen, für die es freilich bei mehreren Mahlzeiten Futter schneite und Schoppen regnete, wie man bei den Hobbits sagt.

Manche nahmen Anstoß, aber Frodo hielt daran fest, Jahr für Jahr Bilbos Geburtstag zu feiern, bis man sich schließlich daran gewöhnte. Er sagte, er glaube nicht, dass Bilbo tot sei. Auf die Frage: „Wo ist er dann?“, zuckte er die Achseln. Wie Bilbo vor ihm, wohnte er für sich allein, hatte aber viele Freunde, besonders unter den jüngeren Hobbits (meist Nachkommen des Alten Tuk), die schon als Kinder sehr an Bilbo gehangen hatten und in Beutelsend aus und ein gegangen waren. Zu ihnen gehörten Folko Boffin und Fredegar Bolger; doch seine engsten Freunde waren Peregrin Tuk (gewöhnlich Pippin genannt) und Merry Brandybock (der in Wirklichkeit Meriadoc hieß, woran aber nur noch selten jemand dachte). Mit ihnen durchstreifte er das Auenland; öfter aber war er allein unterwegs, und zum Befremden vernünftiger Hobbits sah man ihn manchmal weit von zu Hause bei Sternenschein in den Hügeln und Wäldern herumlaufen. Merry und Pippin hatten ihn im Verdacht, dann und wann die Elben zu besuchen, wie es auch Bilbo getan hatte.

Mit der Zeit fiel den Leuten auf, dass auch Frodo sich „gut zu halten“ schien: Sein Äußeres blieb, kaum verändert, das eines handfesten, energischen, eben erst den Twiens entwachsenen Hobbits. „Manche Leute haben aber auch alles Glück der Welt“, sagte man, aber erst als Frodo auf das gewöhnlich doch schon reifere Alter der fünfzig zuging, begann man die Sache nicht geheuer zu finden.

Frodo selbst fühlte sich nach dem ersten Schrecken sehr wohl dabei, nun sein eigener Herr und *der* Herr Beutlin von Beutelsend zu sein. Einige Jahre lang war er ganz zufrieden und dachte nicht viel an die Zukunft. Doch stetig wuchs in ihm, fast ohne dass er es merkte, das Bedauern, dass er nicht mit Bilbo gegangen war. Bisweilen ertappte er sich dabei, besonders im Herbst, wie er an die wilden Lande dachte; und im Traum erschienen ihm seltsame Bilder von Bergen, die er nie gesehen hatte. Er begann sich zu sagen: „Vielleicht gehe ich auch noch eines Tages über den Fluss.“ Worauf die andere Hälfte seines Charakters immer die gleiche Antwort gab: „Noch nicht!“

So ging es weiter, bis er hoch in die Vierziger kam und sein fünfzigster Geburtstag näher rückte. Die Fünfzig war eine

Zahl, die er als irgendwie bedeutsam (oder schicksalsträchtig) empfand; jedenfalls war dies das Alter, in dem Bilbo plötzlich von der Abenteuerlust gepackt worden war. Allmählich fand Frodo keine Ruhe mehr, und seine gewohnten Wege erschienen ihm allzu ausgetreten. Er studierte Landkarten und fragte sich, was wohl jenseits ihrer Ränder läge: Auenländische Karten zeigten außerhalb der heimischen Grenzen meistens nur weiße Flächen. Er streifte immer weiter umher, und immer öfter allein; Merry und seine anderen Freunde sahen es mit Besorgnis. Oft ging und sprach er mit den fremden Fahrensleuten, die zu dieser Zeit immer öfter durchs Auenland zogen.

Gerüchte von seltsamen Dingen drangen herein, die draußen in der weiten Welt geschahen; und weil Gandalf seit Jahren nicht gekommen war oder Nachricht gegeben hatte, versuchte Frodo selbst, so viel wie möglich in Erfahrung zu bringen. Elben, die selten ins Auenland kamen, sah man jetzt abends westwärts durch die Wälder ziehen, immer nur in der einen Richtung: Sie verließen Mittelerde und kümmerten sich nicht mehr um seine Nöte. Doch auch Zwerge waren in ungewöhnlicher Zahl unterwegs. Die alte Ost-Weststraße führte durchs Auenland und endete bei den Grauen Anfurten, und die Zwerge hatten sie immer auf dem Weg zu ihren Minen in den Blauen Bergen benutzt. Sie waren die wichtigste Quelle, aus der die Hobbits Neuigkeiten von fernen Ländern erfahren konnten – wenn sie denn wollten: In der Regel sagten die Zwerge wenig, und die Hobbits fragten noch weniger. Aber nun traf Frodo oft ganz besondere Zwerge aus fernen Ländern, die im Westen Zuflucht suchten. Sie waren niedergeschlagen, und manche sprachen im Flüsterton von *dem* Feind und dem Lande Mordor.

Dieser Name war den Hobbits nur aus Sagen einer dunklen Vergangenheit bekannt, wie ein Schatten im Hintergrund ihrer Erinnerungen; zugleich aber weckte er unruhige Vorahnungen. Es schien, als sei die böse Macht zwar vom Weißen Rat aus dem Düsterwald vertrieben worden, dafür aber nur um so stärker in den alten Festungen von Mordor neu erstanden. Der Dunkle Turm, hieß es, sei wieder aufgebaut worden. Von dort breitete die Macht sich weithin aus; im fernen Osten und Süden tobten Kriege, und Furcht griff um sich. Im Gebirge vermehrten sich wieder die Orks. Trolle liefen herum; nicht mehr nur schwachköpfige Raufbolde, sondern gerissene Burschen mit gefährlichen Waffen. Und manchen leisen Andeutungen war zu entnehmen, dass es noch andere Kreaturen gab, schrecklicher als all diese; doch hatten sie keinen Namen.

Wenig von alledem kam natürlich dem normalen Hobbit zu Ohren. Aber selbst dem schwerhörigsten Stubenhocker konnten mit der Zeit manche wilden Geschichten nicht unbekannt bleiben; und wen seine Geschäfte manchmal bis zu den Grenzen führten, der sah allerlei Befremdliches. Das Gespräch im *Grünen Drachen* zu Wasserau, an einem Abend im Frühling des Jahres, in dem Frodo fünfzig wurde, zeigte, dass man selbst hier, im behaglichen Herzen des Auenlandes, von manchen Gerüchten nicht verschont geblieben war, wenn auch die meisten Hobbits dergleichen nicht ernst nahmen.

Sam Gamdschie saß in einer Ecke beim Feuer, ihm gegenüber Timm Sandigmann, der Müllerssohn. Einige andere biedere Hobbits hörten ihrem Gespräch zu.

„Komische Sachen, was man heute so erzählt, kannst du mir glauben!“, sagte Sam.

„Ach was!“, sagte Timm, „nur wenn du hinhörst. Aber Räuberpistolen und Ammenmärchen kann ich zu Hause hören, wenn ich das will.“

„Klar, kannst du“, sagte Sam, „und ich sage dir, an manchen ist mehr Wahres dran, als du denkst. Wer soll denn die Geschichten alle erfunden haben? Zum Beispiel über Drachen?“

„Nöö danke!“, sagte Timm. „Hör mir auf davon! So was hab ich gehört, als ich klein war, aber da muss ich doch jetzt nicht mehr dran glauben. In Wasserau gibt’s nur einen Drachen, und das ist der grüne“, sagte er, und die Zuhörer lachten.

„Schön“, sagte Sam, ebenfalls lachend, „aber was sagst du

zu diesen Baummännern oder Riesen, wenn du so willst? Man sagt, vor noch nicht langer Zeit ist einer, der größer war als ein Baum, oben hinter den Nordmooren gesehen worden."

„Wer ist *man?"*

„Mein Vetter Hal zum Beispiel. Der arbeitet bei Herrn Boffin in Oberbühl und geht manchmal zur Jagd rauf ins Nordviertel. Der hat einen *gesehen."*

„Sagt er! Dein Vetter Hal sagt vieles und sieht vieles und vielleicht auch mal ein bisschen mehr, als da ist."

„Aber dieser eine war groß wie eine Ulme und ist gelaufen – gelaufen, mit jedem Schritt sechs Ellen, wenn's wenig war."

„Dann wett ich, es war nicht wenig. Was er gesehn hat, war eben eine Ulme und nichts weiter!"

„Aber der ist gelaufen, sag ich dir, und in den Nordmooren gibt es gar keine Ulmen."

„Dann kann Hal auch keine gesehen haben", sagte Timm, und wieder lachten einige und klatschten; sie schienen zu denken, dass Timm die erste Runde gewonnen hatte.

„Trotzdem", sagte Sam, „du kannst nicht bestreiten, dass auch andere als unser Halfast schon sehr sonderbare Leute auf der Durchreise durchs Auenland gesehn haben – auf der Durchreise, wohlgemerkt, denn an den Grenzen, da gibt's noch ganz andere, die man gar nicht erst reinlässt. Die Grenzer haben noch nie so viel zu tun gehabt.
Und dann hab ich auch gehört, dass die Elben nach Westen ziehen. Sie sagen, sie gehn zu den Häfen, da draußen hinter den Weißen Türmen." Sam schwenkte den Arm ungefähr in die bezeichnete Richtung: Weder er noch irgendeiner der Anwesenden wusste, wie weit es von den alten Türmen hinter den westlichen Grenzen des Auenlands bis zum Meer war. Doch eine alte Überlieferung besagte, dass irgendwo dort die Grauen Anfurten seien, von denen zuweilen die Elbenschiffe ausliefen, um nie wiederzukehren.

„Und die segeln, segeln, segeln übers Meer, fahren in den Westen und verlassen uns", sagte Sam, fast wie wenn er ein Lied sänge; und er schüttelte betrübt und bedächtig den Kopf. Aber Timm lachte.

„Na, das ist nichts Neues, wenn du solche alten Mären

glauben willst. Aber ich seh nicht ein, was es mich oder dich angeht. Lass die nur segeln! Aber ich wette, du hast es nicht gesehn, wie sie das machen, und auch sonst niemand aus dem Auenland."

„Na, ich weiß nicht", sagte Sam nachdenklich. Er glaubte, im Wald einmal einen Elben gesehen zu haben, und hoffte, irgendwann noch mehr von ihnen zu sehen. Von all den Sagen, die er als Kind gehört hatte, waren es immer die wenigen bei den Hobbits noch bekannten Bruchstücke von Märchen und fast vergessenen Geschichten von den Elben gewesen, die ihn am tiefsten berührten. „Es gibt schon noch ein paar Leute, sogar hier in der Gegend, die das Schöne Volk kennen und von ihm Neuigkeiten erfahren", sagte er. „Zum Beispiel der Herr Beutlin, bei dem ich arbeite. Er hat mir erzählt, dass sie fortsegeln, und er weiß so einiges von den Elben. Und noch mehr wusste der alte Herr Bilbo, und der hat oft mit mir geredet, als ich noch ein kleiner Junge war."

„Na, die spinnen ja beide!", sagte Timm. „Wenigstens der alte Bilbo, der war ganz übergeschnappt, und bei Frodo fängt es auch schon an. Wenn du deine Neuigkeiten von daher hast, dann kannst du uns viel Stuss erzählen. So, Freunde, ich segle nach Hause. Zum Wohl!" Er leerte seinen Krug und stapfte geräuschvoll hinaus.

Sam saß still und sagte nichts mehr. Er musste über einiges nachdenken. Zunächst mal gab es im Garten von Beutelsend allerhand zu tun, und wenn sich das Wetter morgen besserte, würde es ein schwerer Tag. Das Gras spross rasch. Aber Sam hatte mehr im Sinn als nur die Gartenarbeit. Nach einer Weile stand er seufzend auf und ging hinaus.

Es war Anfang April, und nach einem starken Regen klarte der Himmel auf. Die Sonne war untergegangen, und ein kühler, blasser Abend dümmerte langsam in die Nacht hinüber. Unter den ersten Sternen am Himmel ging er heim, durch Hobbingen und den Bühl hinauf, nachdenklich und leise vor sich hin pfeifend.

Es war gerade zu dieser Zeit, dass Gandalf nach langer Abwesenheit wieder auftauchte. Drei Jahre lang war er nach dem Fest fortgeblieben. Dann kam er einmal kurz zu

Besuch, schaute sich Frodo sehr genau an und ging wieder fort. Während der nächsten ein, zwei Jahre war er dann öfter gekommen, immer unerwartet nach Einbruch der Dunkelheit, und ohne Vorankündigung bei Sonnenaufgang wieder verschwunden. Über seine eigenen Reisen und Angelegenheiten mochte er nicht sprechen; dafür erkundigte er sich in allen Einzelheiten nach Frodos Gesundheit und seinen Beschäftigungen.

Dann plötzlich war er nicht mehr gekommen. Seit über neun Jahren hatte Frodo nichts mehr von ihm gesehen oder gehört. Allmählich dachte er, der Zauberer werde wohl nie mehr auftauchen und habe längst jedes Interesse an den Hobbits verloren. Aber an diesem Abend, als Sam in der Dämmerung heimging, hörte Frodo das einst so vertraute Klopfen am Fenster seines Studierzimmers.

Freudig überrascht begrüßte er den alten Freund. Sie musterten einander gründlich.

„Na, alles klar?“, sagte Gandalf. „Du hast dich überhaupt nicht verändert, Frodo!“

„Du auch nicht“, antwortete Frodo, aber im Stillen fand er, dass Gandalf doch um einiges älter und ein bisschen mitgenommen aussah. Er setzte ihm mit Fragen zu, wie es ihm gehe und was in der weiten Welt los sei, und bald waren sie tief im Gespräch und gingen noch lange nicht schlafen.

Am nächsten Vormittag, nach einem späten Frühstück, saß der Zauberer mit Frodo im Studierzimmer am offenen Fenster. Ein Feuer brannte hell im Kamin, aber die Sonne schien warm, und der Wind kam von Süden. Alles sah frisch aus, und die Felder und die Zweigspitzen der Bäume schimmerten in jungem Grün.

Gandalf dachte an den Frühling vor fast achtzig Jahren, als Bilbo aus Beutelsend fortgerannt war, ohne auch nur ein Taschentuch mitzunehmen. Der Zauberer hatte nun vielleicht mehr weiße Haare als damals, Bart und Brauen waren vielleicht länger, und sein Gesicht hatte mehr Sorgen- und Weisheitsfalten, aber seine Augen leuchteten wie eh und je, und er zog noch mit ebenso vollem Behagen an seiner Pfeife und blies Rauchringe in die Luft.

Jetzt rauchte er schweigend, denn auch Frodo war still und tief in Gedanken versunken. Noch am hellen Vormittag spürte er, wie ein dunkler Schatten auf ihn fiel: ein Schatten dessen, wovon ihm Gandalf berichtet hatte. Endlich brach er das Schweigen.

„Letzte Nacht hast du angefangen, mir allerlei Seltsames über meinen Ring zu erzählen, Gandalf“, sagte er. „Dann hast du aufgehört, weil solche Dinge, sagtest du, am besten nur bei Tageslicht zu besprechen seien. Meinst du nicht, du solltest nun fortfahren? Du sagtest, der Ring sei gefährlich, viel gefährlicher, als ich ahne. In welcher Hinsicht?“

„In vieler Hinsicht“, antwortete der Zauberer. „Er ist viel mächtiger, als ich zuerst zu denken wagte, so mächtig, dass er am Ende jeden Sterblichen, der ihn besäße, ganz und gar beherrschen würde. Der Ring würde dann ihn besitzen.

In Eregion wurden vor langer Zeit viele Elbenringe geschmiedet, Zauberringe, wie ihr sie nennt, und sie waren natürlich von verschiedener Art, manche stärker und manche schwächer. Die minderen Ringe waren nur Übungen in der noch nicht voll entfalteten Kunst, für die Elbenschmiede kaum mehr als Spielzeug – und dennoch, wie mir scheint, für Sterbliche immer noch gefährlich genug. Die großen Ringe aber, die Ringe der Macht, die trugen ein Verhängnis.

Ein Sterblicher, Frodo, der einen der großen Ringe bei sich trägt, stirbt nicht, aber ihm wächst kein neues Leben zu, er schleppt nur das alte hin, müder und müder mit jeder Minute. Und gebraucht er den Ring oft, um sich unsichtbar zu machen, so *schwindet* er: Er wird für immer unsichtbar und lebt in einem Dämmerlicht unter dem Auge der dunklen Macht, welche die Ringe beherrscht. Ja, früher oder später – später, wenn er zu Anfang stark oder gutwillig ist, doch weder Stärke noch guter Wille werden von Dauer sein –, früher oder später wird die dunkle Macht ihn aufzehren.“

„Furchtbar!“, sagte Frodo. Wieder schwiegen sie lange. Im Garten hörte man Sam Gamdschie den Rasen mähen.

„Wie lange weißt du das schon?“, fragte Frodo endlich. „Und wie viel hat Bilbo davon gewusst?“

„Bilbo wusste bestimmt nicht mehr, als er dir gesagt hat“, sagte Gandalf. „Er hätte jedenfalls nie etwas, das er für gefährlich hielt, an dich weitergegeben, auch nicht, als ich versprochen hatte, ein Auge auf dich zu haben. Er fand den Ring wunderschön und in Notlagen sehr nützlich; wenn irgendwas daran nicht geheuer war, dann musste es an ihm selbst liegen. Er sagte zwar, der Ring habe in seinem Kopf ‚immer mehr Platz eingenommen‘, und war ständig um ihn besorgt; aber dass daran der Ring schuld sein könnte, ahnte er nicht. Dabei hatte er doch gemerkt, dass man auf das Ding aufpassen musste; es schien nicht immer gleich groß oder gleich schwer zu sein; es konnte sich sonderbarerweise ausdehnen oder schrumpfen oder einem plötzlich vom Finger rutschen, auch wenn es ganz fest steckte.“

„Ja, darauf hat er mich in seinem letzten Brief vorbereitet“, sagte Frodo, „darum habe ich es immer am Kettchen.“

„Sehr ratsam“, sagte Gandalf. „Aber sein langes Leben hat Bilbo nie mit dem Ring in Zusammenhang gebracht. Das hielt er allein sich selbst zugute und war sehr stolz darauf. Dennoch wurde ihm immer unbehaglicher zumute. *Dünn und gestreckt,* sagte er, kam er sich vor. Ein Zeichen, dass der Ring Gewalt über ihn gewann.“

„Wie lange weißt du das alles schon?“, fragte Frodo noch einmal.

„Wissen?“, sagte Gandalf. „Ich weiß einiges, das nur die Weisen wissen, Frodo. Aber wenn du ‚wissen von *diesem* Ring‘ meinst, nun, da *weiß* ich noch immer nicht recht, könnte man sagen. Eine letzte Probe steht noch aus. Aber ich habe keinen Zweifel mehr, dass es so ist, wie ich vermute.

Wann war das, als ich zuerst daran dachte?“, besann er sich und stöberte in seinen Erinnerungen. „Lass mich nachdenken – das war in dem Jahr, als der Weiße Rat die dunkle Macht aus dem Düsterwald vertrieb, kurz vor der Schlacht der fünf Heere, als Bilbo den Ring fand. Damals fiel mir ein Schatten aufs Herz, ohne dass ich wusste, was es zu befürchten gab. Ich habe mich oft gefragt, wie Gollum zu einem großen Ring gekommen war – denn dass es nur einer von den großen sein konnte, war von Anfang an klar. Dann hörte ich Bilbos komische Geschichte, wie er ihn ‚gewonnen‘ haben wollte, und das konnte ich nicht glauben. Als ich endlich die Wahrheit aus ihm herausbrachte, begriff ich gleich, dass er versucht hatte, seinen Anspruch auf den Ring für jeden Zweifel unanfechtbar zu machen. Ganz wie Gollum mit seinem *Geburtstagsgeschenk.* Dass ihre Lügen sich so ähnlich waren, fand ich bedenklich. Offenbar steckte in dem Ring eine nicht geheure Macht, die sofort auf den Träger einwirkte. Das war für mich das erste echte Warnzeichen, dass nicht alles in Ordnung war. Ich habe Bilbo oft gesagt, dass man solche Ringe besser unbenutzt lässt; aber das wollte er nicht hören und wurde wütend. Viel mehr konnte ich nicht tun. Ich konnte ihm den Ring nicht wegnehmen, ohne noch mehr Schaden anzurichten; und ein Recht dazu hatte ich schon gar nicht. Ich konnte nur abwarten und die Augen offen halten. Vielleicht hätte ich Saruman den Weißen um Rat fragen können, aber irgendwas hielt mich immer davon ab.“

„Wer ist das?“, fragte Frodo. „Ich habe noch nie von ihm gehört.“

„Mag sein“, antwortete Gandalf. „Hobbits sind – oder waren – für ihn kein Thema. Aber er ist ein Großer unter den Weisen. Er ist der Oberste meines Ordens und der Vorsitzende des Rats. Seine Kenntnisse sind gewaltig, aber sein Stolz ebenso, und jede Einmischung nimmt er übel. Die Wissenschaft von den Elbenringen, den großen wie den kleinen, ist sein Fach. Den verschollenen Geheimnissen der Ringschmiedekunst hat er lange nachgeforscht; aber als wir im Rat über die Ringe debattierten, sprach alles, was er uns dazu anvertrauen wollte, gegen meine Befürchtungen. Also ließ ich meine Zweifel auf sich beruhen – aber schlafen wollten sie nicht. Ich wartete weiter ab und hielt die Augen offen.

Und mit Bilbo schien alles in Ordnung zu sein. Und die Jahre vergingen. Ja, sie gingen an ihm vorüber und schienen ihn nicht zu berühren. Kein Zeichen von Alter war zu erkennen. Abermals spürte ich den Schatten. Doch ich sagte mir: ‚Schließlich kommt er ja aus einer langlebigen Familie, mütterlicherseits. Es ist noch Zeit, warte ab!‘

Und ich wartete. Bis zu der Nacht, als er aus diesem Hause

fortging. Was er damals sagte und tat, erfüllte mich mit einer Furcht, die alle Reden Sarumans nicht mehr beschwichtigen konnten. Nun endlich wusste ich, dass etwas Dunkles und Tödliches am Werk war. Und die Jahre seither habe ich zumeist darauf verwendet, die Wahrheit in Erfahrung zu bringen."

„Er hatte doch noch keinen bleibenden Schaden genommen, oder?", fragte Frodo besorgt. „Er wird schon mit der Zeit wieder der Alte werden, nicht? Ruhe und Frieden haben, meine ich?"

„Er fühlte sich gleich besser", sagte Gandalf. „Aber es gibt nur eine Macht auf dieser Welt, die alles über die Ringe und ihre Wirkungen weiß; und soviel ich weiß, gibt es keine Macht auf der Welt, die alles über Hobbits weiß. Unter den Weisen bin ich der Einzige, der sich mit der Hobbitkunde befasst: ein abseitiges Fachgebiet, aber voller Überraschungen. Butterweich können sie sein, dann aber auch wieder zäh wie alte Baumwurzeln. Wahrscheinlich könnten manche von ihnen den Ringen viel länger widerstehen, als die meisten Weisen für möglich halten. Ich glaube, du brauchst dir um Bilbo keine Sorgen zu machen.

Gewiss, er hat den Ring viele Jahre lang in Besitz gehabt und ihn auch benutzt; daher könnte es lange dauern, bis sich der Einfluss erschöpft hat – und es für ihn zum Beispiel unbedenklich wäre, den Ring wieder zu Gesicht zu bekommen. Davon abgesehen, könnte er noch jahrelang ganz zufrieden weiterleben, einfach so bleiben, wie er war, als er sich davon trennte. Denn schließlich hat er ihn aus freien Stücken hergegeben: ein wichtiger Umstand. Nein, um den guten Bilbo hatte ich keine Angst mehr, sobald er auf das Ding verzichtet hatte. Jetzt bist du es, für den ich mich verantwortlich fühle.

Die ganze Zeit, seit Bilbo fort ist, war ich in tiefer Sorge um dich und um all diese netten, albernen, hilflosen Hobbits. Es wäre ein harter Schlag für die ganze Welt, wenn der Dunkle Herrscher das Auenland unterwerfen und all diese lieben, ulkigen, dussligen Bolgers, Hornbläsers, Boffins, Straffgürtels und wie sie alle heißen, um von den lächerlichen Beutlins ganz zu schweigen, versklaven würde."

Frodo lief es kalt über den Rücken. „Aber warum sollte das so kommen?“, fragte er. „Und warum sollte er solche Sklaven haben wollen?“
„Um dir die Wahrheit zu sagen“, antwortete Gandalf, „ich glaube, dass ihm bisher – *bisher,* wohlgemerkt – die Existenz des Hobbitvölkchens vollkommen entgangen ist. Dafür solltet ihr dankbar sein. Aber mit eurer Sicherheit ist es vorbei. Er braucht euch nicht – er hat viele weit nützlichere Diener –, aber er wird euch nicht mehr vergessen. Und an jämmerlich versklavten Hobbits hätte er mehr Freude als an freien und fidelen. Es gibt so was wie Bosheit und Rache.“
„Rache?“, sagte Frodo. „Rache wofür? Ich verstehe noch immer nicht, was dies alles mit Bilbo, mit mir und unserem Ring zu tun hat.“
„Es hat einiges damit zu tun“, sagte Gandalf. „Du kennst das volle Maß der Gefahr noch nicht; aber du sollst es kennen lernen. Ich selbst war mir dessen noch nicht sicher, als ich zuletzt hier war; doch nun ist es an der Zeit, davon zu sprechen. Gib mir einen Augenblick den Ring!“

Frodo zog ihn aus der Hosentasche, wo er an einem am Gürtel befestigten Kettchen hing. Er machte ihn los und reichte ihn mit langsamer Bewegung dem Zauberer. Er wog plötzlich schwer in der Hand, als ob entweder er oder Frodo etwas dagegen hätten, dass Gandalf ihn berührte.
Gandalf hielt ihn hoch. Er schien aus purem, massivem Gold zu sein. „Kannst du irgendwelche Zeichen auf ihm erkennen?“, fragte Gandalf.
„Nein“, sagte Frodo. „Da sind keine. Er ist ganz glatt und weist nie einen Kratzer oder ein Zeichen von Abgegriffenheit auf.“
„Nun denn, sieh!“ Und zu Frodos Erstaunen und Bestürzung warf der Zauberer den Ring mitten ins heißeste Feuer des Kamins. Frodo schrie auf und griff nach der Feuerzange, aber Gandalf hielt ihn zurück.
„Warte!“, sagte er in gebieterischem Ton und sah Frodo unter seinen stacheligen Brauen hervor scharf an.
An dem Ring war keine Veränderung zu bemerken. Nach einer Weile stand Gandalf auf, schloss die Läden vor dem

Fenster und zog die Vorhänge zu. Im Zimmer wurde es dunkel und still, obwohl aus dem Garten, nun näher beim Fenster, immer noch ein leises Klappern von Sams Grasschere zu hören war. Der Zauberer blieb einen Moment vor dem Kamin stehen und blickte ins Feuer; dann bückte er sich, holte den Ring mit der Zange heraus und nahm ihn sofort in die Hand. Frodo staunte.

„Er ist ganz kühl“, sagte Gandalf. „Nimm ihn!“ Frodo ließ ihn sich auf die Handfläche legen und zuckte ein wenig zurück: Er schien dicker und schwerer denn je geworden zu sein.

„Halt ihn hoch!“, sagte Gandalf. „Und sieh ihn dir genau an!“

Frodo tat es, und nun sah er feine Linien, feiner als der feinste Federstrich, um den Ring laufen, außen und innen: glühende Linien, die Buchstaben einer verbundenen Schrift darzustellen schienen. Sie leuchteten gestochen scharf und doch wie von fern aus einer großen Tiefe.

„Ich kann diese feurigen Buchstaben nicht lesen“, sagte

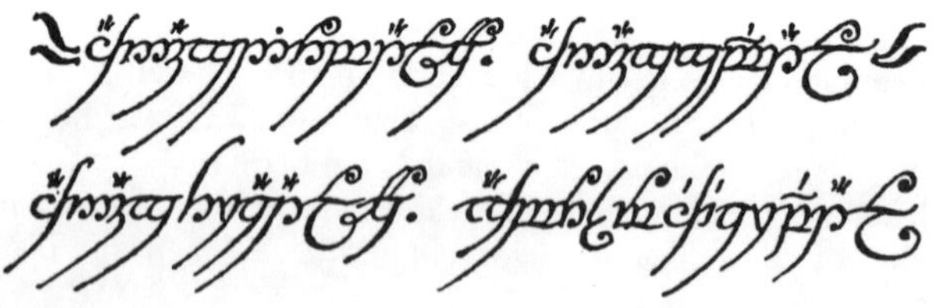

Frodo mit bebender Stimme.

„Nein“, sagte Gandalf, „aber ich kann es. Es sind elbische Buchstaben, aus einer alten Schreibart, aber die Sprache ist die von Mordor, die ich hier nicht in den Mund nehmen will. Aber in der gemeinsamen Sprache besagt es etwa dies:

Ein Ring, sie zu knechten, sie alle zu finden,
Ins Dunkel zu treiben und ewig zu binden.

Das sind nur zwei Zeilen eines alten, aus elbischer Überlieferung seit langem bekannten Gedichts:

Drei Ringe den Elbenkönigen hoch im Licht,
Sieben den Zwergenherrschern in ihren Hallen aus Stein,
Den Sterblichen, ewig dem Tode verfallen, neun,
Einer dem Dunklen Herrn auf dunklem Thron
Im Lande Mordor, wo die Schatten drohn.
Ein Ring, sie zu knechten, sie alle zu finden,
Ins Dunkel zu treiben und ewig zu binden
Im Lande Mordor, wo die Schatten drohn.

Er hielt inne. Dann sagte er langsam und leise: „Dies ist der Herrscherring, der Eine Ring, sie alle zu knechten. Dies ist der Eine Ring, den er vor Zeiten eingebüßt hat, sehr zum Schaden seiner Macht. Er verlangt nach ihm – aber er *darf* ihn nicht in die Hand bekommen."
Frodo saß stumm und regungslos da. Furcht schien mit einer Riesenfaust nach ihm zu greifen, wie wenn sich von Osten her eine dunkle Wolke auftürmte, um ihn zu umschlingen. „Was für ein Ring!", stammelte er. „Wie in allen Auen ist er bloß an mich gekommen?"

[...]

Der Zauberer Gandalf erzählt Frodo nun, wie der „Herr der Ringe“ seinem Schöpfer **Sauron**, dem „Dunklen Herrscher“ von Mordor, vor langer Zeit abhanden kam. Er berichtet ihm, welche verschiedenen Besitzer der Ring hatte, bis er von Gollum zu Bilbo kam und von diesem Frodo vererbt wurde. Die besondere Kraft des Ringes zeigt sich unter anderem darin, dass dieser zu spüren scheint, dass er von seinem Meister Sauron gebraucht und herbeigewünscht wird, damit der seine unumschränkte Herrschaft über die gesamte bekannte Welt errichten kann. Deshalb wechselt er von sich aus die Besitzer, um zu ihm und damit zu seiner eigentlichen Bestimmung zu gelangen. Er werde also den Weg von seinem derzeitigen Besitzer, also Frodo, zu Sauron suchen.
Als Gandalf nun auch noch die Vermutung äußert, dass „der Feind“ aus dem Lande Mordor inzwischen weiß, wo sich der Ring befindet – nämlich bei den Hobbits im Auenland -, dass er vielleicht bereits den neuen Ringträger kennt und nach ihm sucht, ahnt Frodo, in welcher Gefahr er sich befindet. Er will sich so rasch wie möglich von dem Ring trennen, doch Gandalf überzeugt ihn, dass der Ring weder vernichtet noch verschenkt werden kann und auch nicht weggeworfen werden darf, da er dann umso schneller zu Sauron gelangen und ihm die Verwirklichung seiner bösen Pläne ermöglichen würde. Also entschließt sich Frodo zum Verlassen des Auenlands – um es vor Saurons Nachstellungen zu schützen. Zusammen mit einigen Gefährten will er der Gefahr entgegengehen und nach Osten wandern. Er trifft eine Reihe von Vorsichtsmaßnahmen, da er sich nun ständig beobachtet glaubt. Unter anderem verkauft er den von Bilbo geerbten Besitz, angeblich um in seine ursprüngliche Heimat Bockland am Rande des Auenlands zu ziehen.

Als sich Frodo auf den Weg macht, wird er von seinem besten Freund **Pippin Tuk** und von dem alten Diener **Sam Gamdschie** begleitet, später stößt noch sein Verwandter **Merry Brandybock** zu der Gruppe. Bei ihrer Wanderung merken sie rasch, dass unheimliche schwarze Reiter auf ihrer Spur sind und sich überall nach ihnen erkundigen. Um sie abzuschütteln, meiden sie die öffentlichen Straßen, durchqueren unwegsames Gelände, darunter einen verzauberten Wald, und geraten in mancherlei Gefahren und Abenteuer. Sie begegnen aber auch befreundeten Wesen, die ihnen weiterhelfen und ihnen bei einem Kampf mit den gestaltlosen Schwarzen Reitern – es sind **neun** an der Zahl und es handelt sich um die von Sauron ausgesandten **Ringgeister** – beistehen. Dabei wird Frodo durch einen Stich schwer verletzt. Bei einem weiteren dramatischen Zusammentreffen mit den Ringgeistern an einer Furt – es scheint kein Entkommen für die Hobbits zu geben – werden die Schwarzen Reiter durch das plötzliche Anschwellen des Flusses hinweggespült. Diese Rettung der Reisegefährten ist durch den mächtigen Elbenfürsten **Elrond** bewirkt worden, der in der Nähe residiert und über das Wasser des Flusses gebieten kann.

In dessen Haus wird Frodo allmählich wieder gesund gepflegt. Hier trifft er auch Gandalf und Bilbo wieder sowie verschiedene Wesen – Elben, Zwerge und Menschen –, die jeweils einen Teil der Vorgeschichte des Rings und des Anwachsens von Saurons Macht kennen. In ihren Gesprächen setzt sich das Mosaik allmählich zusammen, und alle erkennen, in welcher Gefahr ihre Welt – **Mittelerde** – inzwischen schwebt. Während einer großen Beratung unter der Leitung des Hausherrn Elrond wird der Entschluss gefasst, den Ring zu vernichten, und zwar auf die einzig mögliche Weise: indem man ihn zum Schicksalsberg im Lande Mordor bringt und hineinwirft. Zugleich würde der Feind am wenigsten damit rechnen, dass man ihm entgegenzieht, anstatt vor ihm zu fliehen. Sorgfältig wird eine Gruppe für dieses gefährliche Unterfangen mit ungewissem Ausgang zusammengestellt. Diese „Gemeinschaft des Rings“ besteht – um es mit den neun Geisterreitern aufnehmen zu können – eben-

falls aus neun Mitgliedern: Neben den vier Hobbits **Frodo, Sam, Pippin** und **Merry** gehört der Zauberer **Gandalf** „der Graue" dazu sowie – als Vertreter der anderen „Freien Völker der Welt" – **Legolas** als Angehöriger des Elbenvolks, **Gimli**, der Zwerg, und die beiden Vertreter des Menschengeschlechts **Boromir** und **Aragorn,** Oberhaupt des nördlichen Volkes der Dúnedain. Jeder von ihnen kann selber entscheiden, wie weit er mitgehen und wann er gegebenenfalls die Gruppe verlassen wird.
Nach vielfältigen Vorbereitungen für Ausrüstung und Bewaffnung brechen sie Ende Dezember nach Süden auf. Sie gehen zu Fuß und nehmen nur ein Pony als Lasttier mit.

Nach zwei Wochen geraten sie bei der Überquerung eines Gebirgspasses in einen Schneesturm, den sie auf übernatürliche Ursachen zurückführen. Ständig fühlen sie sich überwacht, vor allem durch Vögel, und sie glauben sich von allen Seiten bedroht, sodass sie schließlich überlegen, ob sie auf der ursprünglich geplanten Route weitergehen können.
Um sich besser verteidigen zu können, scharen sie sich auf der Kuppe eines Hügels um ein Feuer zusammen. In der Nacht werden sie durch Wargen angegriffen – Wölfe, die infolge der gewachsenen Macht Saurons nach Westen vorgedrungen sind. Um möglichst ungesehen auf die östliche Seite des schmalen Gebirges, in das Schattenbachtal zu kommen, beschließt die Gruppe auf Gandalfs Vorschlag, ein unterirdisches System von Höhlen und Stollen zu benutzen, das von Zwergenvölkern in generationenlanger Arbeit angelegt worden ist. Es graut ihnen zwar vor diesem nun verlassenen, dunklen Labyrinth mit dem Namen **Moria**, doch es scheint der sicherste Weg zu sein.

Viertes Kapitel
Auf dunklen Straßen

[...]

Die Nacht war schon fortgeschritten, und der abnehmende Mond, kurz vor dem Untergehen, blinkte von Westen noch ab und zu durch die zerrissenen Wolken. Frodo fuhr aus dem Schlaf hoch. Ohne Vorwarnung brach rings um das Lager ein Orkan los, wüstes, ohrenbetäubendes Geblaff und Geheul. Eine ganze Armee von Wargen hatte sich in aller Stille gesammelt und griff nun von allen Seiten zugleich an. „Holz aufs Feuer!“, brüllte Gandalf den Hobbits zu. „Klingen raus, stellt euch Rücken an Rücken!“

Im tanzenden Lichtschein des frisch aufflammenden Feuers sah Frodo viele graue Gestalten, die über den Steinring setzten, hinter ihnen andere, noch und noch. Einem riesigen Rudelchef öffnete Aragorn mit einem Schwertstoß die Kehle; einen anderen köpfte Boromir mit einem sausenden Hieb. Neben ihnen stand Gimli, die starken Zwergenbeine gespreizt, und führte seine Zwergenaxt. Legolas zupfte die Bogensehne. Gandalf schien im flackernden Licht um einige Köpfe größer zu werden. Einschüchternd wie ein alter Recke stand er vor den Feinden, als wäre das steinerne Standbild eines Königs auf dem Hügel lebendig geworden. Flink bückte er sich, nahm einen brennenden Ast aus dem Feuer und ging den Wölfen entgegen. Sie wichen vor ihm zurück. Er warf das flammende Holz hoch in die Luft. Mit einem Schlag erglühte es in einem weißen Blitz; dann erhob er die Stimme, und gefürchtete Worte donnerten auf die Feinde nieder:

„Naur an edraith ammen! Naur dan i ngaurhoth!“

Ein Tosen und Knistern, und der Baum über ihm brach in Blätter und Blüten von blendend hellen Flammen aus. Das Feuer sprang von einem Baumwipfel zum andern. Der ganze Hügel lag in gleißendem Licht. Die Schwerter und Messer der Verteidiger glühten und funkelten. Legolas’ letzter Pfeil fing im Fluge Feuer und traf brennend einen großen Wolfshauptmann ins Herz. Alle andern suchten das Weite.

Langsam erstarb das Feuer, bis nur noch Asche und einzelne Funken zu Boden rieselten; beißender Rauch kräuselte sich über den verbrannten Baumstümpfen und wehte dunkel den Hügel hinab, als das erste blasse Grau über den Himmel zog. Die Feinde schienen genug zu haben; sie kamen nicht wieder.
„Was hab ich dir gesagt, Herr Pippin!“, sagte Sam und steckte sein Schwert in die Scheide. „Den kriegen die Wölfe nicht! Das war wieder so eine Überraschung, kann man wohl sagen! Hätte mir fast die Haare vom Kopf gesengt.“

Auch als es hell wurde, war von den Wölfen nichts mehr zu sehen, und vergebens suchten sie nach Kadavern. Die einzigen Spuren des Kampfes waren die verkohlten Bäume und Legolas’ Pfeile, die auf der Hügelkuppe verstreut lagen. Alle waren unbeschädigt, bis auf einen, von dem nur noch die Spitze da war.
„Es ist, wie ich befürchtet habe“, sagte Gandalf. „Das waren keine gewöhnlichen Wölfe auf Futterjagd. Essen wir rasch etwas, und dann gehn wir!“
An diesem Tag schlug abermals das Wetter um, fast so, als gehorchte es einer Macht, die nun für Schnee keine Verwendung mehr hatte, seit die Gruppe sich vor dem Pass geschlagen gegeben hatte, sondern vielmehr helles Licht wünschte, in dem alles, was sich in der Wildnis regte, von weither zu sehen wäre. Der Wind war während der Nacht zuerst von Norden, dann von Nordwesten gekommen, und nun setzte er ganz aus. Die Wolken zogen nach Süden ab, und der Himmel öffnete sich hoch und blau. Als sie bereit zum Abmarsch auf dem Hang des Hügels standen, schien die Sonne blass über die Berggipfel.
„Vor Sonnenuntergang müssen wir an der Tür sein“, sagte Gandalf, „oder ich befürchte, wir kommen nie hin. Es ist nicht weit, aber wer weiß, ob wir den kürzesten Weg finden, denn Aragorn kann uns hier nicht führen; er ist selten in diese Gegend gekommen, und auch ich bin erst einmal unter der Westmauer von Moria gestanden, und das ist lange her.
„Dort liegt sie“, sagte er und deutete nach Südosten, wo die

Berghänge steil in die Schatten zu ihren Füßen abtauchten. Über die Entfernung hin sah man nur undeutlich eine Reihe kahler Felsen und in deren Mitte eine große graue Wand, die höher war als die anderen. „Als wir vom Pass fortgingen, habe ich euch nach Süden geführt und nicht zurück zu unserem Ausgangspunkt, wie manche von euch bemerkt haben werden. Und das war gut so, denn so habe ich euch einige Meilen erspart, und wir haben es eilig. Gehn wir!"
„Ich weiß nicht, worauf ich da hoffen soll", sagte Boromir finster: „dass Gandalf findet, was er sucht, oder dass die Tür, wenn wir an die Felswand kommen, für immer verschwunden ist. Eins wäre so schlecht wie das andere, und am wahrscheinlichsten ist, dass wir dort zwischen der Wand und den Wölfen in der Falle sitzen. Führe uns nur so weiter!"

Gimli ging neben dem Zauberer an der Spitze, so eilig hatte er es, nach Moria zu kommen. Sie führten die Gruppe nun wieder zum Gebirge zurück. Die einzige Straße von Westen nach Moria war in alter Zeit an einem Bach entlang verlaufen, dem Sirannon, der am Fuß der Felswände entsprang, in der Nähe der Stelle, wo sich die Tür befunden hatte. Aber entweder hatte Gandalf sich verlaufen, oder das Gelände hatte sich in den letzten Jahren verändert; jedenfalls fand er den Bach nicht, wo er ihn suchte, nämlich einige Meilen südlich von dem Hügel, wo sie aufgebrochen waren.
Es ging schon auf Mittag zu, und noch immer irrten die Gefährten in einer kahlen Landschaft voller roter Felsen umher. Nirgendwo sahen sie Wasser schimmern oder hörten es plätschern. Alles war dürr und trocken. Ihr Mut sank. Nichts Lebendes war zu sehen, auch kein Vogel am Himmel; doch was die Nacht bringen würde, wenn sie in dieser Einöde von ihr ereilt würden, mochte keiner von ihnen sich ausmalen.
Plötzlich rief Gimli sie herbei, der vorausgeeilt war. Er stand auf einer Anhöhe und zeigte nach rechts. Als sie nachkamen, sahen sie unter sich eine tiefe, schmale Rinne. Sie war leer und stumm, und nur auf dem Grund tröpfelte ein wenig Wasser zwischen braunen und rot gefleckten

Steinen dahin, doch auf dem diesseitigen Ufer war ein Weg zu erkennen, der sich, an vielen Stellen verschüttet, zwischen verfallenen Mauern und zerbröckelten Pflastersteinen einer alten Straße hinzog.
„Aha! Da sind wir endlich!", sagte Gandalf. „Hier floss der Sirannon, wie sie ihn nannten, der Torbach. Aber wo mag sein Wasser geblieben sein? Keine Ahnung – früher floss er laut und lebhaft. Kommt, weiter, wir sind spät dran!"

Alle waren müde, und einige hatten Blasen an den Füßen, aber zäh stapften sie noch viele Meilen weit den unebenen und gewundenen Pfad entlang. Die Sonne wandte sich schon nach Westen. Nach kurzer Rast und einem hastigen Imbiss gingen sie weiter. Vor ihnen bauten sich abweisend die Berge auf, aber weil ihr Weg in einer tiefen Rinne durchs Land führte, konnten sie nur die höheren Rücken und weit hinten im Osten die Gipfel sehen.
Schließlich kamen sie an eine scharfe Wegbiegung. Hier wendete sich die Straße, die bisher zwischen dem Rand des Bachbetts und dem steil ansteigenden Gelände zur Linken in südliche Richtung geführt hatte, wieder nach Osten. Als sie um die Biegung kamen, sahen sie vor sich eine niedrige Felswand, keine dreißig Fuß hoch, an der Oberseite zackig und bröselig. Durch eine breite Spalte, die einst durch einen stärkeren Wasserfall ausgewaschen zu sein schien, tröpfelte ein Rinnsal herab.
„Hier hat sich wahrhaftig einiges verändert!", sagte Gandalf. „Aber die Stelle ist nicht zu verkennen. Das ist alles, was vom Stufenfall noch übrig ist. Wenn ich mich recht entsinne, war hier neben dem Wasserfall eine Treppe in den Felsen gehauen, aber die Hauptstraße bog links ab und führte dann in mehreren Schleifen zum ebenen Grund oberhalb des Falls hinauf. Früher war dort ein flaches Tal, vom Wasserfall bis zu den Mauern von Moria; da hindurch floss der Sirannon, und die Straße verlief am Ufer entlang. Schauen wir mal, wie es heute dort aussieht!"
Die Treppe im Felsen fanden sie ohne Mühe, und Gimil rannte gleich hinauf, bedächtigeren Schritts gefolgt von Gandalf und Frodo. Oben sahen sie, dass sie auf diesem

Weg nicht weitergehen konnten, und begriffen nun, warum der Torbach ausgetrocknet war. Hinter ihnen überzog die sinkende Sonne den kühlen westlichen Himmel mit einem goldenen Schimmer. Vor ihnen erstreckte sich ein dunkler, stiller See. Auf der stumpfen Wasserfläche spiegelten sich weder der Himmel noch die Sonne. Der Sirannon war gestaut worden und hatte das ganze Tal ausgefüllt. Hinter dem unheimlichen Gewässer ragten gnadenlos glatte und steile Felswände auf, die im Abendlicht fahl schimmerten: dort war kein Durchkommen! Keine Spur von einem Tor oder Eingang oder auch nur einem Riss oder Spalt konnte Frodo in dem abweisenden Gestein erkennen.
„Dort sind die Mauern von Moria“, sagte Gandalf, übers Wasser deutend. „Und dort war einst das Tor, die Elbentür am Ende der Straße von Hulsten, auf der wir gekommen sind. Aber diese Straße ist nun versperrt. Niemand von uns, glaube ich, wird wohl am Ende des Tages noch dieses finstere Wasser durchschwimmen wollen. Es sieht nicht geheuer aus.“
„Wir müssen einen Weg am Nordufer entlang finden“, sagte Gimli. „Wir müssen jetzt erst über die Hauptstraße hinaufsteigen und dann sehen, wo sie uns hinführt. Auch wenn der See nicht da wäre, bekämen wir unser Lastpony nicht die Treppe hinauf.“
„Aber in die Minen können wir den armen Kerl sowieso nicht mitnehmen“, sagte Gandalf. „Die Straße unter dem Gebirge ist dunkel und stellenweise zu eng und steil für ihn.“
„Armer, alter Lutz!“, sagte Frodo. „Daran hatte ich nicht gedacht. Und der arme Sam! Was der wohl sagen wird?“
„Tut mir Leid“, sagte Gandalf. „Der arme Lutz war ein nützlicher Weggenosse, und es fällt mir schwer, ihn jetzt im Stich zu lassen. Wenn es nach mir gegangen wäre, hätten wir weniger Gepäck mitgenommen und kein Lasttier, schon gar nicht dieses, an dem der arme Sam so sehr hängt. Ich habe von Anfang an befürchtet, dass wir diesen Weg nehmen müssen.“

Der Tag ging zu Ende, und hoch über dem Sonnenuntergang funkelten schon die ersten kalten Sterne am Himmel, als die Gefährten, so schnell sie noch konnten, die Hänge hinaufstiegen, bis sie ans Ufer des Sees gelangten. Das andere Ufer schien an der breitesten Stelle kaum mehr als eine Viertelmeile entfernt zu sein. Wie weit er sich in der Länge nach Süden erstreckte, konnten sie im schwindenden Licht nicht sehen, aber bis zum Nordende war es von da, wo sie standen, nur eine halbe Meile; und zwischen den Felskämmen, die das Tal umschlossen, und dem Rand des Wassers lag ein flacher Uferstreifen. Eilig gingen sie weiter, denn bis zu der Stelle am anderen Ufer, zu der Gandalf wollte, waren es noch ein, zwei Meilen; und dann musste er die Tür erst noch finden.

Am nördlichsten Zipfel des Sees versperrte ihnen ein schmaler Wasserstreifen den Weg. Es war stehendes grünes Wasser, wie ein schleimiger Arm, den der See nach den umgebenden Hügeln ausstreckte. Gimli stapfte unerschrocken hinein und stellte fest, dass es flach war, am Rande nur knöcheltief. Einer hinter dem andern folgten sie ihm mit tastenden Schritten, denn unter den krautigen Pfützen lagen glatte, schmierige Steine, von denen der Fuß leicht abgleiten konnte. Frodo schauderte es vor Ekel, als das dunkle, unreine Wasser seine Füße beleckte.

Sam, der als Letzter kam, führte das Pony am anderen Ufer wieder aufs Trockene. Sie hörten ein leises Geräusch: ein Plätschern, gefolgt von einem Plumps, als ob ein Fisch die unbewegte Wasserfläche durchbrochen hätte. Rasch hinblickend sahen sie Wellenkreise, im Dämmerlicht schwarz von Schatten umrandet: große Ringe, die sich von einem Punkt weit draußen im See ausbreiteten. Man hörte noch ein Glucksen, dann wurde es still. Die Dämmerung wurde dichter, und die letzten Sonnenstrahlen verschwanden hinter Wolken.

Gandalf schlug nun ein immer schärferes Tempo an, und die anderen folgten ihm, so gut sie konnten. Sie erreichten den Streifen trockenen Bodens zwischen dem See und den Felsen. Er war schmal, oft kaum über zehn Schritt breit und mit herabgestürzten Steinen und Felsbrocken übersät, doch sie fanden hindurch, immer nah an den Felsen und möglichst weit von dem dunklen Wasser. Nachdem sie so eine

Meile nach Süden gegangen waren, stießen sie auf Hulstbäume. Stümpfe und totes Geäst faulten im flachen Wasser, anscheinend Überreste von Büschen oder einer Baumreihe, die einst die Straße durch das nun überflutete Tal gesäumt hatten. Dicht an der Felswand aber standen zwei hohe Bäume, noch immer stark und lebendig, größer, als Frodo je einen Hulstbaum gesehen oder sich vorgestellt hatte. Die dicken Wurzeln reichten vom Felsen bis ans Wasser. Von der Treppe am andern Ufer aus hatten sie unter der hohen Wand nur wie Büsche ausgesehen, aber nun ragten sie steif und stumm in die Höhe, dunkle Nachtschatten um die Füße, wie Schildwachen am Ende der Straße.

„So, da wären wir endlich!“, sagte Gandalf. „Hier endete die Elbenstraße von Hulsten. Der Hulst war das Wahrzeichen dieses Landes und seiner Bewohner, und sie pflanzten ihn hier, um die Grenze ihres Reiches anzuzeigen, denn die Westtür wurde hauptsächlich für sie angelegt, um ihnen den Verkehr mit den Herren von Moria zu erleichtern. Das waren glücklichere Tage, als Völker von verschiedener Art, sogar Elben und Zwerge, manchmal noch miteinander gut Freund waren.“

„Es war nicht die Schuld der Zwerge, dass die Freundschaft nicht von Dauer war“, sagte Gimli.

„Ich habe nicht gehört, dass es der Elben Schuld war“, sagte Legolas.

„Ich habe beides gehört“, sagte Gandalf, „doch möchte ich darüber jetzt kein Urteil abgeben. Aber euch beide bitte ich, Legolas und Gimli, seid ihr wenigstens Freunde und helft mir! Ich brauche euch beide. Die Tür ist verborgen und verschlossen, und je eher wir sie finden, desto besser. Es wird gleich Nacht.“

Und zu den anderen sagte er: „Während ich suche, macht ihr euch bitte alle bereit zum Eintritt in die Minen. Denn leider müssen wir hier unserem braven Lasttier Lebewohl sagen. Ihr könnt das meiste von den Sachen zurücklassen, die wir gegen schlechtes Wetter mitgenommen haben: Drinnen werdet ihr sie nicht brauchen und auch nicht, wenn wir, wie ich hoffe, durchkommen und weiter nach Süden gehen. Dafür muss nun jeder von euch ein Teil von dem auf sich nehmen, was das Pony getragen hat, vor allem die Essvorräte und die Wasserschläuche."

„Aber Herr Gandalf, du kannst doch den armen alten Lutz nicht in dieser wüsten Gegend zurücklassen!", schrie Sam entsetzt und in heller Wut. „Das mach ich nicht mit, basta! Jetzt, wo er so weit mitgekommen ist!"

„Es tut mir Leid, Sam", sagte der Zauberer. „Aber wenn die Tür erst auf ist, dann bezweifle ich, dass du imstande sein wirst, dein Pony in die langen, dunklen Stollen von Moria hineinzuziehen. Du wirst dich entscheiden müssen zwischen Lutz und deinem Chef."

„Aber Lutz würde Herrn Frodo in jede Drachenhöhle folgen, wenn ich ihn führe", protestierte Sam. „Es wäre doch so gut wie Mord, ihn hier unter all den Wölfen in der Gegend allein zu lassen."

„Ich hoffe, es wird ohne Mord abgehen", sagte Gandalf. Er legte dem Pony eine Hand auf den Kopf und sprach zu ihm mit leiser Stimme. „Geh und nimm die Worte der Warnung und Weisung mit auf den Weg!", sagte er. „Du bist ein kluges Tier und hast viel gelernt in Bruchtal. Such deinen Weg dahin, wo Gras wächst, und dann geh beizeiten zu Elronds Haus oder wohin immer du gehen magst!

So, Sam! Jetzt hat er ebenso gute Aussichten, den Wölfen zu entgehen und heimzukommen, wie wir."

Sam stand verdrossen bei dem Pony und gab keine Antwort. Lutz, der wohl begriffen zu haben schien, um was es ging, stupste ihn an und rieb die Nüstern an Sams Ohr. Sam kamen die Tränen, er zerrte an den Gurten, lud das Gepäck ab und schmiss es zu Boden. Die anderen sahen die Sachen durch, legten alles auf einen Haufen, das zurückbleiben konnte, und teilten den Rest unter sich auf.

Als sie damit fertig waren, wandten sie sich Gandalf zu. Er schien noch gar nichts getan zu haben. Er stand zwischen den beiden Bäumen und stierte auf die nackte Felswand, als wollte er mit den Augen ein Loch hineinbohren. Gimli lief herum und beklopfte das Gestein hier und da mit der Axt. Legolas drückte das Ohr an den Fels, als horche er hinein.

„Na, wir wären soweit!", sagte Merry. „Wo bleibt nun die Tür? Von ihr sehe ich nichts."

„Zwergentüren soll man auch nicht sehen, wenn sie geschlossen sind“, sagte Gimli. „Sie sind unsichtbar, und die Baumeister selbst können sie nicht mehr finden und öffnen, wenn ihr Geheimnis vergessen ist.“

„Aber diese Tür war keine Geheimtür, die nur den Zwergen offen stand“, sagte Gandalf, der plötzlich in Bewegung kam und sich zu ihnen umdrehte. „Wenn nicht alles von Grund auf anders geworden ist, dann wird einer, der Augen im Kopf hat und weiß, worauf zu achten ist, die Zeichen erkennen.“

Er trat dicht an die Felswand. Genau zwischen den Schatten der beiden Bäume war eine glatte Fläche, und darauf strich er, leise Worte brummend, mit den Händen hin und her. Dann trat er zurück.

„Da!“, sagte er. „Seht ihr jetzt etwas?“

Der Mond schien auf die glatte graue Fläche; aber weiter sahen sie zunächst einmal nichts. Dann, nach einer Weile, erschienen langsam an den Stellen, die der Zauberer mit den Händen gestreift hatte, blasse Linien wie dünne silberne Äderchen im Gestein. Zuerst waren sie fein wie Spinnenfäden im Altweibersommer und schimmerten nur, wo das Mondlicht sie traf; aber allmählich traten sie kräftiger und deutlicher hervor, bis das ganze Bild zu erkennen war.

Ganz oben, wo Gandalf eben noch hatte hinaufreichen können, war ein Bogen mit Schriftzeichen: eine Elbenschrift mit verbundenen Lettern. Darunter sah man, obwohl die Linien hier stellenweise verwischt oder gebrochen waren, einen Hammer und Amboss im Umriss, überdacht von einer Krone mit sieben Sternen. Zu beiden Seiten unterhalb davon stand je ein Baum mit Mondsicheln an den Zweigen. Deutlicher als alles andere schimmerte in der Mitte der Tür ein einzelner Stern mit vielen Strahlen.

„Das sind Durins Wahrzeichen!“, rief Gimli.

„Und das ist der Hochelben Baum!“, sagte Legolas.

„Und der Stern des Hauses Feanor“, sagte Gandalf. „Die Zeichen sind aus *Ithildin,* das nur Mond- und Sternenlicht spiegelt und schläft, bis einer es berührt, der Worte spricht, die in Mittelerde nun längst vergessen sind. Es ist lange her, dass ich sie zuletzt gehört habe; darum habe ich eine Weile nachdenken müssen, bis sie mir wieder einfielen.“

„Was steht denn da?“, fragte Frodo, der die Inschrift auf dem Bogen zu entziffern versuchte. „Ich dachte, ich kenne die Elbenschrift, aber diese kann ich nicht lesen.“

„Die Worte sind in der Elbensprache des Westens von Mittelerde in den Ältesten Tagen“, sagte Gandalf. „Aber sie besagen nichts, was für uns wichtig wäre. Da steht nur: *Die Tür Durins, des Herrn von Moria. Sprich, Freund, und tritt ein.* Und die kleine, blasse Schrift unten bedeutet: *Ich, Narvi, baute sie. Celebrimbor von Hulsten schrieb diese Zeichen.*“

„Was soll das bedeuten, *sprich, Freund, und tritt ein?*“, fragte Merry.

„Das ist doch klar“, sagte Gimli. „Wenn du ein Freund bist, dann sprich das Losungswort, und die Tür wird aufgehen, und du kannst eintreten.“

„Ja“, sagte Gandalf. „Diese Tür wird wahrscheinlich mit Worten gehütet. Manche Zwergentüren öffnen sich nur zu bestimmten Zeiten oder für bestimmte Personen, und manche haben außerdem noch ein Schloss, zu dem man den Schlüssel braucht, auch wenn über die Zeiten und Worte schon alles Nötige bekannt ist.

Diese Tür hier hat kein Schloss. Zu Durins Zeit war sie nicht geheim. Sie stand für gewöhnlich offen, und ein Türhüter saß dabei. Aber wenn sie geschlossen war, konnte jeder, der das Losungswort kannte, es aussprechen und eintreten. So heißt es jedenfalls in den Berichten, nicht wahr, Gimli?“

Hier steht in feanorischen Buchstaben nach der Schreibweise von Beleriand: Ennyn Durin Aran Moria: pedo mellon a minno. Im Narvi hain echant: Celebrimbor o Eregion teithant i thiw hin.

„Ja", sagte der Zwerg. „Aber welches Wort es war, weiß niemand mehr. Narvi und seine Kunstfertigkeit sind mit seinem ganzen Geschlecht von der Erde verschwunden."

„Aber kennst *du* denn das Wort nicht, Gandalf?", fragte Boromir erstaunt.

„Nein", sagte der Zauberer.

Die anderen machten besorgte Mienen; nur Aragorn, der Gandalf schon länger kannte, blieb stumm und unberührt.

„Was hatte es dann für einen Sinn, uns in diesen verfluchten Winkel zu führen?", rief Boromir und blickte mit Schaudern auf das dunkle Wasser hinter ihnen. „Du hast uns gesagt, du seiest schon einmal durch die Minen gegangen. Wie war das möglich, wenn du nicht wusstest, wie man hineingelangt?"

„Auf deine erste Frage, Boromir", sagte der Zauberer, „antworte ich, dass ich das Wort nicht kenne – noch nicht! Aber wir wollen gleich mal sehn. Und", fügte er hinzu, Boromir unter seinen borstigen Brauen hervor anfunkelnd, „was mein Tun für einen Sinn hat, kannst du mich erst fragen, wenn ganz klar ist, dass es keinen hat. Und zu deiner nächsten Frage: Glaubst du etwa meine Geschichte nicht? Oder hast du nicht genug Verstand, um zu begreifen, dass ich nicht von dieser Seite hineingekommen bin, sondern von Osten?

Wenn ihr's wissen wollt, kann ich euch sagen, dass diese Tür nach draußen aufgeht. Von innen kann man sie mit den Händen aufschieben. Von außen kann nichts außer dem Losungswort sie öffnen. Sie kann nicht mit Gewalt nach innen gedrückt werden."

„Und was willst du nun machen?", sagte Pippin, uneingeschüchtert von den finsteren Blicken des Zauberers.

„Mit deinem Kopf an die Tür hämmern, Peregrin Tuk", sagte Gandalf. „Aber wenn sie davon nicht aufgeht und ihr mich ein Weilchen mit dummen Fragen verschont, dann will ich mir das Losungswort überlegen.

Früher kannte ich jeden einzelnen Spruch in allen Elben-, Menschen- oder Orksprachen, der je für solche Zwecke in Gebrauch war. Immer noch kann ich mich an viele Dutzend erinnern, ohne lange überlegen zu müssen. Aber ein paar

Versuche, denke ich, werden schon nötig sein; und ich werde nicht erst Gimli nach Wörtern aus der geheimen Zwergensprache fragen müssen, die sie keinem Fremden verraten. Der Öffnungsspruch war elbisch, wie die Inschrift auf dem Bogen, so viel scheint mir sicher."
Er trat wieder an die Felswand heran und berührte mit seinem Stab sachte den silbernen Stern in der Mitte unter dem Amboss.

Annon edhellen, edro hi ammen!
Fennas nogothrim, lasto beth lammen!

sagte er in gebieterischem Ton. Die silbernen Linien verblassten, doch der glatte graue Stein rührte sich nicht.
Mehrmals noch wiederholte er dieselben Worte in anderer Reihenfolge oder mit kleinen Abwandlungen. Dann probierte er es mit anderen Sprüchen, einem nach dem andern, mal schneller und lauter, mal leiser und bedächtiger. Dann sagte er viele einzelne Wörter aus der Elbensprache. Nichts geschah. Der Felsen ragte in die Nacht, unzählige Sterne traten an den Himmel, der Wind blies kalt, und die Tür blieb unbewegt.
Wieder trat Gandalf an die Wand heran, und nun sprach er mit erhobenen Armen und in barschem Befehlston auf sie ein, sodass man seinen wachsenden Zorn heraushören konnte. *Edro, edro!,* schrie er und schlug mit seinem Stab an den Felsen. *Mach auf, mach auf!",* brüllte er, und denselben Befehl wiederholte er in allen Sprachen, die je im Westen von Mittelerde gesprochen worden waren. Dann schmiss er seinen Stab zu Boden und setzte sich schweigend hin.

In diesem Augenblick trug der Wind von fern Wolfsgeheul zu ihnen herüber. Lutz, das Pony, schrak vor Angst auf, und Sam sprang zu ihm und flüsterte ihm beruhigende Worte ins Ohr.
„Lass ihn nicht weglaufen!", sagte Boromir. „Mir scheint, wir werden ihn noch brauchen, wenn die Wölfe uns nicht finden. Wie ich diesen stinkigen Pfuhl hier hasse!" Er

bückte sich, nahm einen großen Stein zur Hand und warf ihn weit ins dunkle Wasser hinaus.

Der Stein verschwand mit einem leisen Plumps, und im gleichen Moment hörte man ein Plätschern und Glucksen. Große Kreise bildeten sich auf der Wasseroberfläche, ein Stück weit hinter der Stelle, wo der Stein niedergegangen war, und breiteten sich langsam zum Fuß der Felswand hin aus.

„Warum hast du das getan, Boromir?“, sagte Frodo. „Mir gefällt es hier auch nicht, und ich habe Angst. Wovor, weiß ich nicht: nicht vor den Wölfen oder vor der Finsternis hinter der Tür, sondern vor etwas anderem. Ich habe Angst vor diesem Pfuhl. Schreck ihn nicht auf!“

„Ich wollte, wir könnten hier bald verschwinden!“, sagte Merry.

„Warum tut Gandalf nicht rasch etwas?“, sagte Pippin.

Gandalf beachtete sie nicht. Mit gesenktem Kopf saß er da, entweder in Verzweiflung oder in angestrengtem Nachdenken. Wieder war das klagende Geheul der Wölfe zu hören. Die Kreise auf dem Wasser wurden immer größer und kamen näher; die ersten schwappten schon ans Ufer.

Mit einem Ruck, der sie alle zusammenzucken ließ, sprang der Zauberer jäh auf die Füße. Er lachte. „Ich hab’s“, rief er. „Natürlich, ganz klar! Lächerlich einfach, wie die meisten Rätsel, wenn man die Lösung kennt.“

Er hob seinen Stab auf, stellte sich vor die Wand und sagte mit klarer Stimme: *Mellon!*

Der Stern leuchtete kurz auf und verblasste wieder. Dann zeichnete sich geräuschlos eine große Tür ab, wo vorher nicht eine Ritze oder Fuge zu sehen gewesen war. Langsam teilte sie sich in der Mitte und schwang Zoll für Zoll nach außen, bis beide Flügel mit dem Rücken zur Wand standen. Durch die Öffnung sah man schattenhaft eine Treppe, die steil aufwärts führte; doch hinter den untersten Stufen war die Finsternis schwärzer als die Nacht. Die Gefährten staunten.

„Ich hatte mich vollkommen vertan“, sagte Gandalf, „und Gimli auch. Ausgerechnet Merry war auf der richtigen Spur. Das Losungswort stand schon in der Inschrift auf dem

Bogen. Die Übersetzung hätte lauten müssen: *Sag ‚Freund‘ und tritt ein!* Ich brauche nur das elbische Wort für *Freund* auszusprechen, und die Tür öffnete sich. Ganz einfach! Zu einfach für einen Gelehrten in dieser misstrauischen Zeit. Das waren glücklichere Tage. Los, gehn wir!“

Er trat ein und setzte den Fuß auf die unterste Stufe. Aber in diesem Augenblick geschah mehreres zugleich. Frodo spürte, wie ihn etwas am Knöchel packte, schrie auf und fiel hin. Das Pony Lutz stieß ein entsetztes Gewieher aus, machte kehrtum und raste am Ufer entlang in die Dunkelheit davon. Sam rannte hinterher; dann, als er Frodos Schrei hörte, rannte er weinend und fluchend wieder zurück. Die andern fuhren herum und sahen das Wasser des Sees brodeln, als käme ein ganzes Schlangenheer vom Südende herangeschwommen.

Aus dem Wasser hervorgekrochen war ein langer, geschmeidiger Fangarm; er war nass und gab einen blassgrünen Lichtschimmer ab. Das gefingerte Ende hatte Frodo am Fuß gepackt und zog ihn zum Wasser hin. Sam, auf den Knien, hieb mit dem Messer darauf ein.

Der Arm ließ los, und Sam zog Frodo fort, laut um Hilfe rufend. Zwanzig andere Arme ringelten heran. Das dunkle Wasser kochte, und ein grässlicher Gestank stieg Sam in die Nase.

„Rein in die Tür! Die Treppe rauf, schnell!“, brüllte Gandalf und sprang zurück. Er riss sie aus der Schreckensstarre, in der sie alle bis auf Sam wie angewurzelt dastanden, und scheuchte sie vorwärts.

Gerade noch rechtzeitig. Sam und Frodo hatten erst wenige Stufen genommen, und Gandalf war noch auf der untersten, als die Fangarme sich über den schmalen Uferstreifen schlängelten und die Felswand und die Tür befingerten. Einer kam über die Schwelle geringelt, im Sternenschein fahl leuchtend. Gandalf blieb stehen und drehte sich um. Wenn er überlegte, mit welchem Wort die Tür von innen wieder zu schließen wäre, zerbrach er sich unnötig den Kopf. Viele krumme Arme packten die beiden Türflügel und schwangen sie mit entsetzlicher Kraft herum. Krachend wurden sie zugeschmettert, und alles Licht war verschwunden. Dumpfes Donnern und Bersten drang durch das dicke Gestein.

Sam, der Frodo am Arm hielt, ließ sich in der Stockfinsternis auf eine Stufe fallen. „Armer, alter Lutz!“, sagte er mit erstickter Stimme. „Wölfe und Schlangen! Aber die Schlangen waren zu viel für ihn. Ich musste mich doch entscheiden, Herr Frodo! Ich musste bei dir bleiben!“

Sie hörten, wie Gandalf die Treppe wieder hinunterging und mir seinem Stab gegen die Tür stieß. Das Gestein und die Treppe bebten, aber die Tür öffnete sich nicht.

„So, so!“, sagte der Zauberer. „Hinter uns ist der Durchgang nun versperrt, und es gibt nur noch einen Ausweg – auf der andern Seite des Gebirges. Nach den Geräuschen muss ich befürchten, dass Felsbrocken aufgetürmt und die Bäume entwurzelt und vor die Tür geworfen wurden. Schade um die schönen Bäume, die so lange dort gestanden haben!“

„Ich hatte gleich das Gefühl, dass etwas Grässliches in der Nähe war, schon als ich den ersten Fuß in dieses Wasser setzte“, sagte Frodo. „Was war das für ein Biest, oder waren es viele?“

„Ich weiß es nicht“, sagte Gandalf, „aber die Arme waren alle von einer Absicht geleitet. Irgendwas ist aus dem dunklen Wasser unterm Gebirge hervorgekrochen oder hervorgetrieben worden. In den Tiefen der Erde gibt es noch ältere und üblere Geschöpfe als die Orks.“ Für sich behielt er den Gedanken, dass dieses Ding, das da im See hauste, was es auch sein mochte, sich aus der ganzen Gruppe zuallererst Frodo herausgegriffen hatte.

Boromir murmelte etwas vor sich hin, aber der Widerhall am Gestein verstärkte die Laute zu einem heiseren Flüstern, das alle hören konnten: „In den Tiefen der Erde! Und dahin gehn wir nun, wider meinen Willen. Wer soll uns in dieser Stockfinsternis führen?“

„Ich“; sagte Gandalf, „und Gimli geht neben mir. Folgt meinem Stab!“

Als der Zauberer weiterging, die großen Stufen hinauf, hielt er seinen Stab hoch, und von der Spitze kam ein trüber

Lichtschein. Die breite Treppe war sauber und unbeschädigt. Zweihundert Stufen zählten sie, breit und flach; dann standen sie vor einem Gang mit gewölbter Decke und ebenem Boden, der in die Dunkelheit hineinführte.
„Setzen wir uns doch hin, ruhen uns aus und essen etwas“, sagte Frodo, „gleich hier auf dem Treppenabsatz, denn ein Speisezimmer werden wir nicht finden.“ „Allmählich schüttelte er das Grauen vor dem zupackenden langen Arm von sich ab und spürte mit einem Mal einen mächtigen Hunger. Sein Vorschlag wurde von allen begrüßt, und sie setzten sich auf die obersten Stufen. Im Halbdunkel konnten sie einander kaum sehen. Nachdem sie gegessen hatten, spendierte Gandalf zum dritten Mal jedem einen Schluck von dem Miruvor aus Bruchtal.
„Lange wird es leider nicht mehr reichen“, sagte er; „aber ich finde, nach dem Schrecken an der Tür haben wir das nötig. Und wenn wir nicht sehr viel Glück haben, werden wir alles, was noch übrig ist, brauchen, bevor wir auf der andern Seite herauskommen. Geht auch sparsam mit dem Wasser um! Es gibt zwar viele Bäche und Brunnen in den Minen, aber die rühren wir lieber nicht an. Wir werden vielleicht keine Gelegenheit haben, die Flaschen und Schläuche zu füllen, bis wir ins Schattenbachtal hinunterkommen.“
„Wie lange wird das dauern?“, fragte Frodo.
„Kann ich nicht sagen“, antwortete Gandalf. „Es hängt von vielerlei Umständen ab. Aber wenn wir gerade zugehn, ohne Hindernisse oder Belästigungen und ohne uns zu verlaufen, werden wir wohl drei oder vier Märsche brauchen. Von der Westtür bis zum Osttor werden es in kürzester Linie mindestens vierzig Meilen sein, und die Straße macht sicher einige Biegungen.“

[...]

Nach ihrer Rast setzen sie den Weg fort. Die vielen Windungen verwirren ihren Orientierungssinn. An einer Gabelung des Weges muss Gandalf die Richtungsentscheidung treffen. Sie übernachten und halten abwechselnd Wache. Der gewählte Weg führt sie nach vielen Stunden in eine große Halle, die Gandalf durch ein Leuchten seines Stabes schwach erhellen kann. Dort übernachten sie ein weiteres Mal. Gimli berichtet seinen Freunden von der ehemaligen Pracht der unterirdischen Stadt Zwergenbinge, von ihrem Reichtum durch den Abbau von Edelmetallen und Diamanten, vor allem durch die Gewinnung des geheimnisvollen und begehrten „Moria-Silbers“ Mithril. Am nächsten Morgen finden sie in einer Kammer das Grab des Zwergenherrschers Balin, mit dem Bilbo befreundet war. Balin hat vergeblich versucht, mit seinen Zwergen das unterirdische Reich von Moria wiederzuerobern. Neben den Spuren heftiger Kämpfe des Zwergenvolks mit den Orks findet die Gruppe eine nur noch teilweise leserliche Chronik. Gandalf kann aus dem Text ersehen, in welcher Kammer er ist, und dadurch findet er sich wieder in dem System der Gänge zurecht. Auf dem Weg zum östlichen Ausgang werden die Gefährten von vielen Orks, unterstützt von einigen Höhlentrollen, verfolgt und angegriffen. Es kommt zu einem erbitterten Kampf, in dessen Verlauf Frodo so heftig von dem Speer eines schwarzen Orkhäuptlings getroffen wird, dass er von seinen Freunden für tot gehalten wird. Sie wissen nicht, dass er unter seiner Kleidung ein Panzerhemd aus Mithril – ein Geschenk Bilbos – trägt und dadurch fast unverletzt geblieben ist.

Bei ihrer Flucht zum Ausgang müssen sie auf einer schmalen bogenförmigen Steinbrücke ohne Geländer einen Abgrund überqueren, aus dem Flammen lodern. Plötzlich nehmen sie wahr, dass ihre Feinde von einem so genannten Balrog angeführt werden, einem Wesen, gegen das auch Gandalf mit seinen Zauberkräften nur wenig ausrichten kann. Er deckt den Rückzug und versucht, mit dem mächtigen Diener Saurons zu kämpfen. Er bringt die Brücke zum Einsturz, sodass der Balrog in die Tiefe stürzt. Diesem gelingt es aber noch, Gandalf mit sich in die Tiefe zu reißen.

Spontan übernimmt Aragorn die Führung der Gruppe, und sie gelangen schließlich aus dem Berg hinaus in das Schattenbachtal.

Sie haben keine Zeit, um Gandalf zu trauern, sondern müssen so rasch wie möglich ihren Auftrag ausführen. Am Ufer des Flusses Silberlauf entlang kommen sie in das Land der Waldelben, Lothlórien. Sie werden von den Elben freundlich aufgenommen, auch wenn diese – wegen einer alten Feindschaft mit den Zwergen – Gimli sehr misstrauisch empfangen. Die Nacht verbringen sie sicher auf einem „Talan“, einer Art Schlafplattform in den Ästen eines Baumes. Währenddessen wird eine große Gruppe Orks, die ihrer Spur gefolgt ist, von den Elben getötet.

Der Weg zur Stadt Caras Galodon, wo Herr **Celeborn** und Frau **Galadriel** residieren, nimmt den ganzen nächsten Tag in Anspruch. Dem gastfreundlichen Herrscherpaar von Lórien berichten sie von den bisherigen Erlebnissen während der Wanderung sowie vom Tod Gandalfs. Die Mitglieder der Ringgemeinschaft bleiben mehrere Tage am Hof, wobei sie zunehmend von dem Schönheitssinn und dem harmonischen Zusammenleben der Elben sowie der Ausstrahlung Galadriels beeindruckt werden. Sie lässt die Hobbits einen Blick in ihren Zauberspiegel werfen, in dem sie beunruhigende Veränderungen in ihrer Heimat, dem Auenland erkennen.

Der Abschied ist voller Wehmut. Die Elben beschenken die Freunde mit kostbaren Andenken und eigenartigen, nützlichen Produkten ihrer Kunstfertigkeit, darunter drei leichten Booten und nahrhaften Vorräten. Über den Weg herrscht noch Unklarheit. Zunächst wollen sie auf dem Fluss Anduin nach Südosten zu den Wasserfällen von Rauros.

Am vierten Tag ihrer Flussfahrt bemerken die Hobbits, dass **Gollum** der Gruppe heimlich folgt. Weitere vier Tage

später erreichen die drei Boote in der Dunkelheit die Stromschnellen von Sarn Gebir. Während sich die Gefährten mit Mühe an Land retten können, werden sie von Orks mit Pfeilen beschossen.
Gleichzeitig schwebt ein schwarzes formloses geflügeltes Wesen über ihnen – Legolas schießt es mit seinem Bogen ab, und sogleich endet der Überfall.

Am nächsten Tag zeigt sich, dass sie über den weiteren Weg uneins sind. Boromir will auf schnellstem Weg nach Südwesten in seine Heimat Gondor, um diese von Feinden zu befreien. Als er merkt, dass Aragorn und die Übrigen nicht davon abzubringen sind, weiter nach Südosten zu reisen, um ihren Auftrag zu erfüllen, verschiebt er seinen Plan, und sie bleiben zusammen. So tragen sie gemeinsam ihre Boote über Land, um die Stromschnellen zu umgehen.

Nach dem zehnten Tag der Flussfahrt muss die endgültige Entscheidung über den weiteren Weg fallen, und Frodo als Träger des Rings soll sie treffen. Um in Ruhe darüber nachdenken zu können, entfernt er sich von den Übrigen und wandert einen Berg hinauf. Nach kurzer Zeit bemerkt er jedoch, dass Boromir ihm gefolgt ist: Der will den Ring für sich haben und ihn als Machtmittel für seine Zwecke benutzen. In der Not streift Frodo den Ring über, wird unsichtbar und kann dadurch Boromir entkommen. Er flieht auf den Gipfel, wo er durch die Kraft des Rings überblicken kann, wie groß die Macht Saurons inzwischen geworden ist, welche Gebiete sich im Krieg gegen die Ork-Heere und andere Geschöpfe befinden. Ihm wird bewusst, wie wenig Erfolg versprechend sein Plan ist, den Ring ins Zentrum der Dunklen Macht zu bringen und ihn dort zu vernichten. Zugleich spürt er, dass diese auf den nun „benutzten" Ring aufmerksam wird und über die weite Entfernung hinweg nach ihm sucht. Deshalb zieht er zunächst den Ring wieder ab. Doch dann entscheidet er sich, seine Freunde nicht durch das hoffnungslos erscheinende Unterneh-

men zu gefährden, sondern den Auftrag allein zu erfüllen. Er machte sich wieder unsichtbar, geht zum Ufer zurück und besteigt eines der Boote.
In der Zwischenzeit ist Boromir zur Gruppe zurückgekehrt, wo Frodo unterdessen vermisst wird. Seine Erklärungen machen die Hobbits misstrauisch, und sie laufen los, um Frodo zu suchen. Sam errät durch logische Überlegungen, was Frodo vorhat, und es gelingt ihm schließlich noch mit in Frodos Boot zu kommen. Die beiden fahren allein weiter den Fluss hinunter, dem Wasserfall entgegen.

Unterdessen haben sich die übrigen Gefährten getrennt, um nach Frodo zu suchen. Boromir, Sam und Pippin werden von einer Übermacht von Orks – darunter auch Bilwiss-Krieger aus der Streitmacht des Zauberers **Saruman** – angegriffen. In höchster Not ruft Boromir mit seinem Horn Hilfe herbei, doch der hinzueilende Aragorn findet ihn sterbend, die beiden Hobbits sind entführt. Vor seinem Tod kann Boromir noch gestehen, dass er den Ring an sich bringen wollte.
Nun sind Aragorn, Legolas und Gimli auf sich allein gestellt. Sie bestatten Boromir auf einem Boot, das sie den Anduin hinabtreiben lassen, dann nehmen sie die Verfolgung der Orks auf. Sie kommen in die weite Grasebene von Rohan und versuchen in einem Gewaltmarsch, den Vorsprung der Entführer aufzuholen. Sie finden ein Zeichen von Pippin und haben nun Hoffnung, dass die beiden Hobbits noch am Leben sind. Am dritten Tag ihrer Verfolgung bemerken sie, dass die Spur nach Nordwesten führt, auf Isengart, Sarumans Festung zu.

Pippin und Merry sollen von den untereinander zerstrittenen Orks lebend zu Saruman gebracht werden. Durch den Kampf und den anschließenden Transport sind sie sehr geschwächt. Trotzdem macht Pippin einen Fluchtversuch, wobei es ihm gelingt, ein Zeichen für die Gefährten zu hinterlassen.
Einige Zeit später werden die Orks von einem großen

Trupp gepanzerter Reiter aus Rohan angegriffen und eingekreist. Während der Nacht kann Pippin – indem er andeutet, den Ring zu besitzen – einen seiner Bewacher dazu verleiten, die beiden Hobbits beiseite zu bringen und ihre Beinfesseln zu lösen. Unmittelbar darauf wird dieser Ork getötet, die Hobbits können unbemerkt in den vor ihnen liegenden Wald von Fangorn entkommen.
Am folgenden Tag begegnen Aragorn, Legolas und Gimli den heimkehrenden Rittern von Rohan, angeführt von dem Marschall **Éomer**. Er berichtet ihnen, dass sie ein Orkheer bekämpft und vernichtet, dabei aber keine Hobbits gefunden haben. Es herrsche offener Krieg mit Saruman, der Orks und andere Truppen in seinen Dienst gestellt und gegen Rohan ausgesandt habe. Sie erwähnen weiter, dass ihr König **Théoden** nicht gut auf Gandalf zu sprechen ist, seit dieser ihm dessen bestes Pferd, Schattenfell, weggenommen hat. Die Nachricht von Gandalfs und Boromirs Tod erschüttert Éomer. Er leiht den Ringgefährten Pferde, damit sie die Suche nach den Entführten fortsetzen können.
Am Rand des Waldes Fangorn finden sie das von Éomer beschriebene Schlachtfeld. Während der Nacht erscheint kurz ein merkwürdiger alter Mann am Wachtfeuer, ihre Pferde reißen sich los und laufen fort. Am nächsten Morgen finden die drei Anhaltspunkte dafür, dass sich die beiden Hobbits aus der Gewalt der Orks befreit haben und in den unheimlichen Wald geflohen sind. Sie folgen ihrer Fährte.

Pippin und Merry sind in dem Wald Fangorn einem **Ent** – einem uralten, baumähnlichen Wesen – namens **Baumbart** begegnet. Die Ents spüren, dass sich Bedrohliches in der Welt ereignet, und Baumbart möchte von den Hobbits Auskunft über diese Vorgänge. Dabei erkennt er, dass auch die Ents von Sarumans Machenschaften bedroht werden. Er nimmt die Hobbits mit zu einer großen Ent-Versammlung. Dort wird nach mehrtägiger Beratung beschlossen, aktiv in den Kampf gegen Saruman einzugreifen – die Ents ziehen nach Isengart.

Bei ihrer Suche in Fangorn begegnen Aragorn, Legolas und Gimli erneut dem alten Mann, und nun gibt er sich zu erkennen: Es ist Gandalf, der den Sturz in den Abgrund von Moria überlebt hat. Aus den verschiedenen Informationen wird nun der Verrat des Zauberers Saruman – in dessen Gewalt sich Gandalf vorübergehend befunden hat – deutlich. Zugleich können sie aber daraus schließen, dass Frodo und Sam unterwegs nach Mordor sind, um dort den Ring zu vernichten.

Bei seiner Flucht vor Saruman hat sich Gandalf von Théoden, dem König von Rohan, das edle Pferd Schattenfell ausgeliehen. Dieses kommt nun aus großer Ferne herbei, in seinem Gefolge die anderen, zuvor entflohenen Pferde aus Rohan.
Nach einem vielstündigen Ritt erreichen Gandalf, Aragorn, Legolas und Gimli die goldene Halle Meduseld, wo Théoden residiert. Sie werden mit Misstrauen empfangen, weil man sie für Spione Sarumans hält. Außerdem will **Grima**, genannt Schlangenzunge, der einflussreiche Berater des Königs, Fremde vom Hof fernhalten. Er versucht gleich beim Empfang, Gandalf beim König zu verleumden. Doch Gandalf gelingt es, ihn zum Schweigen zu bringen und König Théoden aus seinem Einfluss zu lösen. Dieser schüttelt seine jahrelange Passivität ab und beschließt, der Bedrohung ins Auge zu sehen und sich Saruman, der sein Land von Norden bedroht, entgegenzustellen. Er will persönlich das Heer von Rohan zur Bergfestung „Helms Klamm“ führen, um die Truppen aus Isengart abzuwehren. Bei der Aufforderung, an diesem Kampf teilzunehmen, erweist sich Schlangenzunge als heimlicher Gefolgsmann Sarumans. Die vier Gefährten des Rings begleiten den König und verstärken seine Streitmacht.

Siebentes Kapitel
Helms Klamm

Die Sonne stand schon tief im Westen, als sie von Edoras aufbrachen; sie schien ihnen in die Augen und überzog die wogenden Felder von Rohan mit einem goldenen Schleier. Ein ausgetretener Weg führte nordwestwärts an den Ausläufern des Weißen Gebirges entlang, und ihm folgten sie, auf und nieder durchs grüne Land, durch die Furten der vielen kleinen, eiligen Bäche. Weit rechts voraus ragten die Nebelberge auf und wurden mit jeder Meile dunkler und höher. Langsam ging vor ihnen die Sonne unter. Hinter ihnen wurde es Abend.

Sie ritten weiter; es musste sein. Die Befürchtung, zu spät zu kommen, trieb sie zu höchster Eile und gestattete nur wenige Pausen. Schnell und ausdauernd waren die Rosse von Rohan, aber noch viele Wegstunden lagen vor ihnen, mehr als vierzig in der Linie des Vogelflugs von Edoras bis zu den Isenfurten, wo sie die Mannen des Königs noch vorzufinden hofften, die Sarumans Heere aufhielten.

Die Nacht umfing sie. Endlich machten sie Halt und schlugen ein Lager auf. Etwa fünf Stunden waren sie geritten und ein gutes Stück weit auf der Ebene nach Westen gekommen, aber mehr als die Hälfte des Weges hatten sie noch vor sich. In einem großen Kreis ließen sie sich nieder unter dem gestirnten Himmel und dem zunehmenden Mond. Sie entzündeten kein Feuer, denn es war ungewiss, wo der Feind stand. Ringsum stellten sie berittene Wachen auf, und Kundschafter ritten weit voraus, wie Schatten zwischen den Falten des Landes. Allzu langsam verging die Nacht, ohne dass Nachrichten oder Warnungen eingingen. Im Morgengrauen wurden die Hörner geblasen, und binnen einer Stunde waren sie wieder auf dem Marsch.

Noch hingen keine Wolken am Himmel, aber die Luft war drückend und für die Jahreszeit zu warm. Die aufgehende Sonne war in Dunst gehüllt, und hinter ihr drein zog eine langsam anschwellende Dunkelheit am Himmel herauf, als käme ein mächtiges Gewitter von Osten. Und auf der andern Seite, im Nordwesten, schien eine zweite Dunkelheit sich zu Füßen des Nebelgebirges zu ballen, ein Schatten, der langsam vom Tal des Zauberers herabkroch.

Gandalf blieb zurück, bis Legolas herankam, der neben Éomer ritt. „Du hast die scharfen Augen deines schönen Volkes, Legolas“, sagte er, „und kannst auf drei Meilen Entfernung einen Spatzen von einem Finken unterscheiden. Sag mir, kannst du dort gegen Isengard hin irgendetwas erkennen?“

„Viele Meilen sind es bis dort“, sagte Legolas und spähte aus, die Augen mit der langen Hand abschirmend. „Ich sehe etwas Dunkles. Formen bewegen sich darin, große Gestalten, fern am Ufer des Flusses; aber was das ist, kann ich nicht sagen. Nicht Nebel oder eine Wolke ist es, die mir die Sicht nimmt, sondern ein Schattenschleier, den eine Macht über das Land legt und der langsam flussabwärts wandert. Es ist, als flute das Zwielicht unter den unzähligen Bäumen von den Höhen herab.“

„Und hinter uns her kommt ein echtes Unwetter aus Mordor“, sagte Gandalf. „Das wird eine stockfinstere Nacht.“

Im Laufe des zweiten Tages nahm die Schwüle zu. Am Nachmittag begannen die Wolken sie zu überholen: ein düsterer Baldachin mit dicken, wogenden Rändern und Flecken von blendend hellem Licht. Blutrot versank die Sonne in einem rauchigen Dunst. Die Speerspitzen der Reiter schienen aufzuflammen, als die letzten Strahlen die steilen Wände unter den Gipfeln der Thrihyrne entzündeten: Ganz nahe waren sie ihnen nun schon, am nördlichsten Arm des Weißen Gebirges, den drei gezackten Hörnern, die in den Sonnenuntergang ragten. Und im letzten Abendrot sahen die Männer in der Vorhut einen schwarzen Punkt in der Ferne, einen Reiter, der ihnen entgegenkam. Sie hielten an und erwarteten ihn.

Er kam, ein müder Krieger mit zerbeultem Helm und gespaltenem Schild. Langsam stieg er vom Pferd und stand eine Weile nur keuchend da. Als er wieder sprechen konnte, fragte er. „Ist Éomer da? Endlich kommt ihr, aber zu spät und mit zu schwachen Kräften. Alles ist schief gegangen, seit Théodred gefallen ist. Gestern wurden wir unter schweren Verlusten über den Isen zurückgedrängt; viele kamen beim Übergang um. Dann setzten in der Nacht frische Kräfte über den Fluss und griffen unser Lager an. Ganz Isengard muss auf den Beinen sein; und Saruman hat auch noch die wilden Hirtenvölker aus den Hügeln von Dunland jenseits der Flüsse ausgerüstet und auf uns losgelassen. Wir wurden überwältigt. Unser Schildwall brach. Erkenbrand von der Westfold hat sich mit allen, die er um sich sammeln konnte, in Richtung auf seine Festung in Helms Klamm zurückgezogen. Der Rest ist versprengt. Wo ist Éomer? Sagt ihm, da vorn ist nichts mehr zu hoffen. Er soll umkehren nach Edoras, ehe die Wölfe von Isengard dort sind.“

Théoden, der bisher hinter seiner Leibwache geblieben war, wo ihn der Mann nicht sehen konnte, trieb sein Pferd vorwärts. „Komm, tritt vor mich her, Ceorl!“, sagte er. „Ich bin da. Das letzte Aufgebot der Eorlingas ist ausgeritten. Es kehrt nicht ohne Schlacht um.“

Das Gesicht des Mannes hellte sich auf vor Freude und Staunen. Er nahm Haltung an. Dann kniete er nieder und bot dem König sein schartiges Schwert dar. „Zu Befehl, Gebieter!“, rief er. „Und verzeiht mir, ich dachte ...“

„Du dachtest, ich bleibe in Meduseld, krumm wie ein alter Baum unterm Winterschnee! So war es auch, als du zuletzt da warst. Aber ein Westwind hat die Zweige freigeschüttelt“, sagte Théoden. „Gebt dem Mann ein frisches Pferd! Reiten wir Erkenbrand zu Hilfe!“

Während Théoden noch sprach, war Gandalf allein ein kleines Stück vorausgeritten. Er hielt an, schaute nordwärts nach Isengard und westwärts in die sinkende Sonne. Nun kam er zurück.

„Reite, Théoden!“, sagte er. „Reite nach Helms Klamm! Nicht zu den Isenfurten! Und haltet euch nicht auf in der Ebene! Ich muss euch für eine Weile verlassen. Ein dringendes Geschäft; Schattenfell wird zeigen müssen, was er kann.“ Zu Aragorn, Éomer und dem Gefolge des Königs gewandt, rief er: „Behütet mir den Herrn der Mark gut, bis ich zurück bin! Erwartet mich an Helms Tor! Lebt wohl!“

Er sagte ein Wort zu Schattenfell, und der Hengst schoss davon wie ein Pfeil von der Sehne. Im Handumdrehen war er fort: ein silberner Schimmer im Sonnenuntergang, ein Wind, der übers Gras fährt, ein aus dem Blickfeld flüchtender Schatten. Schneemähne schnob und bäumte sich auf; er wäre gern gefolgt, doch nur ein Vogel mit starken Schwingen hätte Schattenfell noch einholen können.

„Was das wohl zu bedeuten hat?“, sagte einer von der Leibwache zu Háma.
„Dass Gandalf Graumantel es eilig hat“, antwortete Háma. „Immer kommt und geht er unerwartet.“
„Was Schlangenzunge dazu sagen würde, wenn er hier wäre, kann man sich denken“, sagte der andere.
„Stimmt schon“, sagte Háma, „aber ich für mein Teil warte lieber ab, bis wir Gandalf wieder sehen.“
„Da kannst du vielleicht lange warten“, sagte der andere.

Von der Straße zu den Isenfurten bog das Heer nun ab und wandte sich nach Süden. Nacht brach herein, und immer noch ritten sie weiter. Die Berge kamen näher, aber die hohen Gipfel der Thrihyrne standen nur noch trüb am dunkelnden Himmel. Einige Meilen weiter, am äußersten Ende des Westfoldtals, lag eine grüne Talmulde, eine große Einbuchtung ins Gebirge, von der eine Schlucht in die höheren Lagen hinaufführte. Helms Klamm nannten die Bewohner des Landes diese Schlucht, nach einem Helden aus alter Zeit, der dort Zuflucht genommen hatte. Immer schmaler und steiler werdend, zog sie sich von Norden her im Schatten der Thrihyrne in die Berge hinein, bis die krähenumflogenen Klippen zu beiden Seiten wie riesige Türme aufragten und das Licht aussperrten.
Bei Helms Tor, dem Eingang in die Schlucht, sprang ein Felsabsatz aus der Wand an der Nordseite vor, und auf dessen Rand standen mächtige alte Mauern, die einen hohen Turm umgaben. Mit Hilfe von Riesen, so erzählte man sich, hätten die Seekönige von Gondor in ihren fernen Ruhmestagen diese Festung erbaut. Die Hornburg wurde sie genannt, denn ein Horn, das vom Turm herab geblasen wur-

de, hallte in der Schlucht wider, als kämen längst vergessene Heerscharen aus den Höhlen unter den Bergen hervor. Außerdem hatten die Menschen der alten Zeit eine Mauer von der Burg bis zur südlichen Felswand gezogen, um den Eingang in die Schlucht zu versperren. Unter ihr floss in einer breiten Rinne der Klammbach hindurch. Er wand sich um den Fuß des Hornfelsens und strömte dann über einen grünen, sich nach unten verbreiternden Hang, der von Helms Tor sachte zu Helms Damm hin abfiel. Von da floss er ins Klammtal und weiter in die Westfold hinaus. In der Hornburg hinter Helms Tor hatte Erkenbrand seinen Sitz, der Herr der Westfold an der Westgrenze der Mark. Als die Kriegsgefahr die Tage verdüsterte, hatte er klugerweise die Mauer ausgebessert und alle Befestigungsanlagen verstärkt.

Die Reiter waren noch unterhalb der Einmündung in die Talschlucht, als sie Rufe und Hornstöße der vorausreitenden Kundschafter hörten. Aus der Dunkelheit kamen Pfeile geflogen. Einer der Kundschafter kam eilends zurück und berichtete, dass Wolfsreiter im Tal seien und dass ein Heer von Orks und wilden Menschen von den Isenfurten nach Süden eilte, offenbar nach Helms Klamm.

„Wir haben viele Leichen der Unsrigen gefunden, die auf der Flucht dorthin erschlagen wurden“, sagte der Kundschafter. „Und wir haben kleine, versprengte Trupps getroffen, die führerlos hin und her irrten. Was aus Erkenbrand geworden ist, scheint niemand zu wissen. Wahrscheinlich wird er eingeholt, ehe er Helms Tor erreicht – wenn er nicht schon umgekommen ist.“

„Hat man etwas von Gandalf gesehen?“, fragte Théoden.

„Ja, Herr. Viele haben einen alten Mann in weißer Kleidung gesehen, der zu Pferde wie ein Sturmwind über die Ebene gebraust ist. Manche dachten, es sei Saruman. Er soll sich vor Anbruch der Nacht nach Isengard aufgemacht haben, hieß es. Manche sagen auch, vorher schon hätten sie Schlangenzunge gesehen, wie er mit einem Trupp Orks nach Norden ging.“

„Schlangenzunge wird es übel ergehen, wenn er Gandalf begegnet“, sagte Théoden. „Jedenfalls fehlen mir nun meine beiden Ratgeber, der alte wie der neue. Aber in dieser Notlage können wir nichts Besseres tun als weiterreiten, wie Gandalf gesagt hat, zu Helms Tor, ob Erkenbrand da ist oder nicht. Weiß man, wie stark das Heer ist, das von Norden anrückt?“

„Es ist sehr stark“, sagte der Kundschafter. „Zwar, wer flieht, zählt jeden Feind doppelt, aber ich habe mit wackeren Männern gesprochen und habe keinen Zweifel, dass das Hauptheer des Feindes viele Mal größer ist als alles, was wir hier haben.“

„Dann wollen wir uns beeilen“, sagte Éomer. „Durch die Feinde, die schon zwischen uns und der Festung sind, müssen wir hindurchstoßen. In Helms Klamm gibt es Höhlen, wo Hunderte sich versteckt halten können, und geheime Pfade führen von dort in die Berge hinauf.“

„Verlass dich nicht auf die geheimen Pfade!“, sagte der König. „Saruman hat dieses Land lange ausspioniert. Aber in der Festung werden wir uns lange halten können. Vorwärts!“

Aragorn und Legolas ritten nun mit Éomer in der Vorhut. Weiter ging es durch die Nacht, immer langsamer, weil die Dunkelheit zunahm und der Weg nach Süden anstieg, immer höher hinauf in die Hügel am Fuß des Gebirges. Vor sich fanden sie nur wenige Feinde. Hier und da stießen sie auf einen Streiftrupp der Orks, die aber flüchteten, ehe die Reiter sie zum Kampf stellen konnten.

„Es wird nicht lange dauern, fürchte ich“, sagte Éomer, „bis die Ankunft unseres Heeres dem feindlichen Anführer bekannt ist, Saruman oder wem immer er den Oberbefehl übertragen hat.“

Hinter ihnen nahm der Kriegslärm zu. Durch die Dunkelheit drangen raue Marschgesänge zu ihnen herüber. Sie waren schon weit ins Klammtal hinaufgeritten, als sie zurückblickten. Hinter sich sahen sie Fackeln, unzählige Lichtpunkte auf den schwarzen Feldern, verstreut wie rote Blumen oder in langen, flackernden Reihen aus dem Flachland heraufziehend. Hier und da flammte ein größerer Brand auf.

„Es ist ein großes Heer und uns hart auf den Fersen“, sagte Aragorn.

„Sie kommen mit Feuer“, sagte Théoden, „und brennen alles am Wege nieder, Kate, Schober und Baum. Dies war ein fruchtbares Tal mit vielen Gehöften. Mein armes Volk!“

„Wenn es doch nur Tag wäre, und wir könnten wie ein Gewitter aus den Bergen auf sie herabstoßen!“, sagte Aragorn. „Es geht mir gegen den Strich, vor denen zu fliehen.“

„Viel weiter brauchen wir nicht zu fliehen“, sagte Éomer. „Bald kommen wir zu Helms Damm, einem alten Graben und Erdwall, quer durchs ganze Tal, eine Viertelmeile vor Helms Tor. Dort können wir kehrtmachen und ihnen eine Schlacht liefern.“

„Nein, wir sind zu wenige, um den Damm zu verteidigen“, sagte Théoden. „Er ist über eine Meile lang, und die Bresche darin ist breit.“

„An der Bresche wird unsere Nachhut standhalten müssen, wenn wir bedrängt werden“, sagte Éomer.

Weder Mond noch Sterne schienen, als die Reiter die Bresche im Damm erreichten, wo der Bach von oben herabfloss und der Weg am Ufer entlang zur Hornburg hinaufführte. Der Wall ragte plötzlich vor ihnen auf, ein hoher Schatten hinter einem dunklen Graben. Als sie herankamen, rief ein Wachtposten sie an.

„Der Herr der Mark reitet zu Helms Tor“, antwortete Éomer. „Ich bin Éomer, Éomunds Sohn.“

„Unverhofft gute Nachricht!“, sagte der Posten. „Beeilt euch, der Feind ist euch auf den Fersen!“

Das Heer ritt durch die Bresche und machte dahinter auf dem Wiesenhang halt. Zu ihrer Freude erfuhren sie nun, dass Erkenbrand viele Männer zur Verteidigung von Helms Tor zurückgelassen hatte und dass noch andere hierher entkommen waren.

„Etwa tausend kampffähige Männer zu Fuß haben wir“, sagte Gamling, ein alter Mann, der die Wachen am Damm befehligte. „Aber die meisten von ihnen haben schon zu viele Winter auf dem Buckel, wie ich selbst, oder zu wenige, wie mein Enkel hier. Was gibt es Neues von Erken-

brand? Gestern kam Meldung, er ziehe sich hierher zurück, mit allem, was von den besten Reitern der Westfold noch übrig ist. Aber er ist nicht gekommen."
„Ich befürchte, jetzt wird er nicht kommen", sagte Éomer. „Unsere Kundschafter haben nichts von ihm gemeldet, und das ganze Tal hinter uns ist voller Feinde."
„Ich wünschte, er wäre entkommen", sagte Théoden. „Er ist ein gewaltiger Krieger. In ihm ist Helm Hammerhands Stärke wieder erstanden. Aber hier können wir nicht auf ihn warten. Wir müssen alle Kräfte nun hinter den Mauern sammeln. Habt ihr genug Vorräte eingelagert? Wir bringen wenig mit, denn wir sind zu einer offenen Feldschlacht ausgeritten und nicht zu einer Belagerung."
„Hinter uns in den Höhlen der Klamm sind drei Viertel der Bewohner der Westfold, Alte und Junge, Kinder und Frauen", sagte Gamling. „Aber auch viel an Nahrungsvorräten, Tieren und Futter wurde dort hingeschafft."
„Gut so", sagte Éomer. „Denn alles, was im Tal geblieben ist, das verbrennen oder rauben sie."
„Wenn sie an Helms Tor kommen, um noch mehr zu holen, werden sie es teuer bezahlen müssen", sagte Gamling.

Der König und sein Heer ritten weiter. Vor der Rampe, die den Bach überquerte, saßen sie ab. In langer Reihe führten sie ihre Pferde hinauf und durchs Tor der Hornburg. Dort wurden sie abermals hoffnungsfroh begrüßt, denn nun waren sie zahlreich genug, um sowohl die Burg als auch den Klammwall zu bemannen.
Schnell teilte Éomer seine Leute ein. Der König und die Männer seines Hausvolks besetzten die Hornburg, zusammen mit vielen von der Westfold. Auf dem Klammwall und seinem Turm und dahinter aber stellte Éomer den größten Teil seiner Streitmacht auf, denn hier schien die Verteidigung am schwierigsten, wenn der Angriff entschlossen und mit starken Kräften unternommen würde. Die Pferde wurden weit die Klamm hinaufgeführt, bewacht von einigen wenigen, die man entbehren konnte.
Der Klammwall war zwanzig Fuß hoch und so dick, dass vier Mann darauf nebeneinander gehen konnten, gedeckt

von einer Brustwehr, über die nur ein großer Mann hinwegsehen konnte. Hier und da waren Schießscharten in den Stein eingelassen. Auf den Wall gelangte man über eine Treppe, die von einer Tür in der Außenmauer der Hornburg herabführte; und drei andere Treppen führten von hinten aus der Klamm herauf. An der Frontseite war der Wall glatt, und die großen Steinblöcke, aus denen er bestand, waren so geschickt verfugt, dass kein Fuß daran Halt finden konnte. Am oberen Rand hingen sie über wie vom Meer unterhöhlte Klippen.

Gimli stand auf dem Wall, an die Brustwehr gelehnt, während Legolas oben auf der Mauer saß, den Bogen in der Hand und in die Dunkelheit hinausspähend.

„Das hier ist eher nach meinem Geschmack", sagte der Zwerg, auf die Steine stampfend. „Immer schlägt mir das Herz höher, wenn wir zu den Bergen kommen. Dieses Gestein ist gut. Das Land hier hat feste Knochen. Ich hab es gleich unter den Füßen gespürt, als wir vom Damm heraufkamen. Gib mir ein Jahr Zeit und hundert von meinem Volk, und ich mache aus diesem Platz eine Festung, an der sich die Heere wie Wellen brechen würden!"

„Daran zweifle ich nicht", sagte Legolas. „Du bist eben ein Zwerg, und ihr Zwerge seid ein seltsames Volk. Mir gefällt es hier überhaupt nicht, und das wird auch bei Tageslicht nicht besser werden. Aber du beruhigst mich, Gimli, und ich bin froh, dich mit deinen starken Beinen und der schweren Axt nahebei zu wissen. Ich wünschte, wir hätten mehr von deinem Volk bei uns. Aber noch lieber wäre mir, wir hätten hundert gute Bogenschützen aus dem Düsterwald. Wir könnten sie gebrauchen. Auch die Rohirrim haben gute Schützen, auf ihre Art, aber es sind zu wenige hier, viel zu wenige."

„Zum Schießen ist es zu dunkel", sagte Gimli. „Eigentlich ist jetzt Schlafenszeit. Schlafen! Nie hätte ich geglaubt, dass ein Zwerg den Schlaf so sehr vermissen könnte! Reiten macht müde. Trotzdem zuckt mir die Axt in der Hand. Gib mir eine Riege Orkhälse und genug Platz zum Ausholen, und die Müdigkeit wird wie weggeblasen sein!"

Die Zeit verging langsam. Weit unten im Tal brannten hier und da immer noch Feuer. Isengards Heere rückten nun schweigend heran. Ihre Fackeln sah man in vielen Reihen das Tal heraufziehen.
Plötzlich hörte man vom Damm wildes Gebrüll und die grimmigen Schlachtrufe der Menschen. Lodernde Brände erschienen über dem Kamm und besonders dicht an der Bresche. Dann zerstreuten sie sich und verschwanden. Männer kamen übers Feld gerannt und die Rampe zum Tor herauf. Die Nachhut der Westfolder hatte den Damm aufgeben müssen.
„Der Feind ist zum Greifen nah", sagten sie. „Wir haben alle Pfeile verschossen, die wir hatten, und den Dammgraben mit Orkleichen gefüllt. Aber lange wird das sie nicht aufhalten. Sie klettern schon an vielen Stellen die Böschung hinauf, in dichten Haufen wie Ameisen. Aber wir haben sie gelehrt, Fackeln zu tragen!"

Mitternacht war vorüber. Der Himmel war völlig schwarz, und die unbewegte, drückende Luft kündigte ein Gewitter an. Plötzlich sprang ein blendendes Licht aus den Wolken. Gezackte Blitze krachten auf die Berge im Osten nieder. Für einen schreckensstarren Augenblick sahen die Männer auf dem Wall die ganze Fläche von ihnen bis zum Damm in grelles Licht getaucht: Sie war gedrängt voll schwarzer Kerle, manche breit und gedrungen, manche groß und grimmig, mit hohen Helmen und schwarzen Schilden. Immer noch strömten sie zu Hunderten über den Damm und durch die Bresche heran. Bis an den Wall in seiner ganzen Länge von Felswand zu Felswand ergoss sich die dunkle Flut. Donner grollte im Tal. Regen peitschte herab. Pfeile, dicht an dicht wie die Regentropfen, kamen über die Mauern geflogen und fielen klickend und klappernd auf die Steine nieder. Manche fanden ihr Ziel. Der Ansturm auf Helms Klamm hatte begonnen, doch von den Verteidigern war kein Laut oder Kampfruf zu hören, und keine Pfeile flogen als Erwiderung zurück.
Die Angreifer machten Halt, bedenklich geworden angesichts der stumm drohenden Felsen und Mauern. Immer

wieder zerfetzten Blitze die Dunkelheit. Dann brüllten die Orks, fuchtelten mit Speeren und Schwertern und schossen eine Wolke von Pfeilen auf jeden ab, der auf den Mauern zu sehen war; und die Männer der Mark schauten verwundert hinab und glaubten, ein großes dunkles Kornfeld voller stachelig glitzernder Ähren zu sehen, über das der Sturm des Krieges hinwegfegte.

Schrille Trompetenstöße ertönten. Der Feind brandete heran, teils gegen den Klammwall, teils gegen die Rampe, die zum Tor der Hornburg hinaufführte. Dort wurden die größten Orks eingesetzt und die wilden Menschen aus den dunländischen Steppen und Hügeln. Einen Augenblick warteten sie ab, dann stürmten sie vor. Es blitzte, und auf allen Helmen und Schilden sah man die weiße Knochenhand von Isengard. Sie waren auf der Höhe des Felsens und rannten gegen das Tor an.

Nun endlich kam die Antwort: Pfeile und Steine hagelten auf sie herab. Der Angriff stockte; die Kolonne löste sich auf und rannte zurück, sammelte sich und stürmte von neuem an, löste sich auf, stürmte – und jedes Mal kam sie erst an einem höheren Punkt zum Stehen. Wieder schrillten die Trompeten, und ein Haufen brüllender Menschen sprang vor. Sie hielten nach beiden Seiten die großen Schilde wie ein Dach über sich, und in der Mitte trugen sie zwei mächtige Baumstämme. Hinter ihnen scharten sich Bogenschützen der Orks und schickten Schwärme von Pfeilen zu den Verteidigern auf den Mauern hinauf. Die Angreifer erreichten das Tor. Von starken Armen geschwungen, krachten die Baumstämme gegen die Bohlen. Wenn ein Mann fiel, von einem herabgeschleuderten Stein zerschmettert, sprangen zwei andere herbei und nahmen seinen Platz ein. Wieder und wieder wuchteten sie die schweren Rammböcke gegen das Tor.

Auf dem Klammwall standen Éomer und Arágorn beieinander. Sie hörten das Gebrüll und den dumpfen Aufprall der Böcke, und beim Aufleuchten eines Blitzes erkannten sie die Gefahr für das Tor.

„Komm!“, sagte Aragorn. „Jetzt wird es Zeit, zusammen das Schwert zu ziehen!“ Sie rannten auf dem Wall zur Trep-

pe und in den äußeren Burghof auf dem Felsen hinauf. Im Vorübereilen nahmen sie eine Hand voll tüchtiger Schwertfechter mit. In einem spitzen Winkel auf der Westseite, wo die Felswand zur Burgmauer vorsprang, war eine kleine Ausfallpforte. Von da führte ein schmaler Pfad zwischen der Mauer und dem steil abfallenden Rand des Felsens zum Haupttor. Seite an Seite rannten Éomer und Aragorn hinaus, dicht gefolgt von den anderen. Blitzend fuhren ihre Schwerter zugleich aus den Scheiden.
„Gúthwine!“, rief Éomer. „Gúthwine für die Mark!“
„Andúril!“, rief Aragorn. „Andúril für die Dúnedain! „
Von der Seite stießen sie in die Kolonne der Wilden. Andúril zuckte auf und nieder wie eine weiße Flamme. Vom Turm und den Mauern stieg ein Ruf auf: „Andúril! Andúril zieht in den Krieg. Die zerbrochene Klinge leuchtet wieder!“
Verstört ließen die Wilden die Rammböcke fallen und stellten sich zum Kampf, aber ihr Schildwall wurde wie vom Blitz zerschlagen; und dann wurden sie weggefegt, niedergehauen oder vom Felsen in das steinige Bachbett hinabgestürzt. Die Orks schossen wild drauflos; dann flüchteten sie.

Für einen Augenblick blieben Éomer und Aragorn vor dem Tor stehen. Der Donner polterte nun entfernter. Auf den Bergen weit im Süden flackerten noch Blitze. Von Norden blies wieder ein frischer Wind. Die Wolken rissen auf und wurden abgetrieben, Sterne kamen zum Vorschein, und über den Hügeln auf der Westseite der Talmulde schwamm der niedergehende Mond gelblich schimmernd zwischen den Wolkenfetzen.
„Wir sind nicht zu früh gekommen“, sagte Aragorn und betrachtete die Torflügel. Die schweren Angeln und Eisenschienen waren verbogen und eingedellt, und von den Bohlen waren viele angebrochen.
„Trotzdem können wir nicht hier vor der Mauer bleiben, um das Tor zu verteidigen“, sagte Éomer. „Schau!“ Er zeigte zum Weg vor der Rampe hinunter. Schon sammelte sich dort wieder ein großer Haufen Orks und Menschen auf der

andern Seite des Bachs. Pfeile schwirrten heran und prallten an die Steine ringsum. „Komm! Wir müssen zurück und zusehen, dass wir das Tor von innen mit Steinen und Balken verrammeln. Kommt jetzt."
Sie machten kehrt und rannten zurück. In dem Moment sprangen etwa ein Dutzend Orks auf, die regungslos zwischen den Erschlagenen gelegen hatten, und rannten rasch und leise hinter ihnen her. Zwei warfen sich hinter Éomer zu Boden, brachten ihn zu Fall und waren im nächsten Augenblick über ihm. Aber eine kleine, dunkle Gestalt, die niemand bemerkt hatte, sprang aus den Schatten hervor, mit einem heiseren Schrei: *Baruk Khazâd! Khazâd ai-mênu!* Eine Axt schwang einmal hin und zurück, und zwei Orks brachen kopflos zusammen. Die andern ergriffen die Flucht.
Éomer rappelte sich gerade auf, als Aragorn zurückgerannt kam, um ihm zu helfen.

Die Ausfallpforte wurde wieder geschlossen, die Eisentür verriegelt und von innen mit Steinen verbarrikadiert. Als alle in Sicherheit waren, sagte Éomer: „Ich danke dir, Gimli Glóinssohn! Ich wusste gar nicht, dass du bei dem Ausfall mit dabei warst. Oft ist der ungebetene Gast die beste Gesellschaft. Wie kamst du dorthin?"
„Ich bin euch nachgelaufen, um mir die Schläfrigkeit zu vertreiben", sagte Gimli; „aber dann sah ich diese Dunländer und fand sie etwas zu groß für mich. Also hab ich mich auf einen Stein gesetzt, um dir bei deiner Schwertarbeit zuzuschauen."
„Es wird mir nicht leicht fallen, es dir zu vergelten", sagte Éomer.
„Dazu findest du vielleicht noch etliche Gelegenheiten, ehe die Nacht um ist", sagte der Zwerg und lachte. „Aber ich bin ganz zufrieden. Seit wir in Moria waren, hab ich die Axt nur zum Holzhacken gebraucht."

„Zwei!", sagte Gimli und tätschelte seine Waffe. Er war an seinen Platz auf dem Klammwall zurückgekehrt.
„Zwei?", sagte Legolas. „Mehr hab ich geleistet, obwohl ich inzwischen nach Orkpfeilen suchen muss, denn die mei-

nigen sind alle verschossen. Immerhin beläuft sich die Zahl meiner Abschüsse nun auf mindestens zwanzig. Doch nur wenige Blätter sind dies im Walde.“

Der Himmel klarte schnell auf, und der niedergehende Mond schien hell. Doch den Reitern der Mark brachte das Licht wenig Hoffnung. Die Feinde vor ihnen schienen mehr und nicht weniger geworden zu sein, und immer neue Scharen drängten vom Tal durch die Bresche herein. Der Ausfall auf dem Felsen hatte den Verteidigern nur eine kurze Atempause verschafft. Mit verdoppelten Kräften wurde der Angriff aufs Tor wieder aufgenommen. Wie eine Sturmflut brausten Isengards Heere gegen den Klammwall an. Vom einen Ende zum andern wimmelte es zu Füßen der Mauer von Orks und Dunländern. Seile mit Greifhaken wurden über die Brüstung geworfen, schneller als die Männer sie durchschneiden oder zurückwerfen konnten. Hunderte von langen Leitern wurden angestellt. Viele wurden umgestürzt und zertrümmert, aber ebenso viele nahmen ihren Platz ein, und die Orks sprangen hinauf wie Affen in den dunklen Wäldern des Südens. Unten häuften sich die Toten und Verstümmelten wie Dachziegel in einem Sturm, türmten sich immer höher und abscheulicher auf; und immer kamen noch mehr Feinde.

Die Männer von Rohan wurden müde. Sie hatten keine Pfeile und keine Speere mehr, ihre Schwerter waren schartig, die Schilde gespalten. Dreimal konnten Aragorn und Éomer sie wieder sammeln, und dreimal flammte Andúril allen voran in einem verzweifelten Gegenangriff, der die Feinde vom Wall herabwarf.

Dann gab es ein Getöse in ihrem Rücken, in der Klamm. Orks waren wie Ratten durch die Rinne gekrochen, in der der Bach unter dem Wall hindurch nach draußen floss. Im Schatten der Felswände hatten sie sich gesammelt und abgewartet, bis der Kampf auf dem Wall am heißesten tobte und fast alle Verteidiger dort hinaufgeeilt waren. Dann kamen sie hervor. Schon waren einige tief in die Klamm, bis zu den Pferden, vorgedrungen und kämpften mit den Wachen.

Mit seinem schaurigen Schlachtruf, der von den Felsen

widerhallte, rannte Gimli die Treppe vom Wall in die Schlucht hinunter: *Khazâd! Khazâd!* Seine Axt bekam Arbeit im Überfluss.
„Ai-oi!“, rief er. „Die Orks sind hinter dem Wall. *Ai-oi!* Komm, Legolas! Es sind genug für uns beide. *Khazâd ai-mênu!“*

Der alte Gamling blickte von der Hornburg herab; die mächtige Stimme des Zwergs durchdrang den Tumult. „Die Orks sind in der Klamm!“, rief er. „Helm! Helm! Auf, Helmingas!“ Er rannte die Treppe vom Felsen herab, gefolgt von vielen Männern aus der Westfold.
Ihr Angriff war erbittert und überraschend, und die Orks wichen zurück. Binnen kurzem waren sie in den Engen der Schlucht eingekeilt und wurden allesamt erschlagen oder flohen schreiend in die Tiefen, wo sie von den Wachen in den verborgenen Höhlen niedergemacht wurden.
„Einundzwanzig!“, rief Gimli. Mit einem beidhändigen Hieb legte er sich den letzten der Orks vor die Füße. „Damit wäre Herrn Legolas' Kopfzahl überboten.“
„Wir müssen dies Rattenloch verstopfen“, sagte Gamling. „Es heißt, Zwerge könnten mit Steinen umgehen. Bitte, hilf uns, Meister!“
„Wir bearbeiten den Stein nicht mit der Streitaxt und auch nicht mit den Fingernägeln“, sagte Gimil. „Aber ich will sehn, was ich tun kann.“
Sie sammelten ein, was sie an kleinen Felsbrocken und Steintrümmern in der Nähe fanden; und unter Gimlis Anleitung verstopften die Westfolder das innere Ende der Rinne bis auf einen engen Durchlass. Der vom Regen angeschwollene Klammbach schäumte und kreiste über das Stauwehr und breitete sich langsam in kalten Pfützen von Felswand zu Felswand aus.
„Oben wird es trockener sein“, sagte Gimli. „Komm, Gamling, sehn wir, wie es auf dem Wall steht!“
Er stieg hinauf und fand Legolas zusammen mit Aragorn und Éomer. Der Elb wetzte sein langes Messer. Für eine Weile war der Ansturm der Feinde abgeflaut, weil ihr Versuch, durch die Rinne einzudringen, vereitelt worden war.

„Einundzwanzig!“, sagte Gimli.
„Gut!“, sagte Legolas. „Aber ich bin jetzt bei zwei Dutzend. Zuletzt war es Kampf bis aufs Messer hier oben.“

Éomer und Aragorn stützten sich müde auf ihre Schwerter. Zur Linken wurde das Schlachtgetöse auf dem Felsen schon wieder lauter. Aber noch immer hielt die Hornburg stand, wie eine Insel im stürmischen Meer. Die Torflügel lagen in Trümmern, aber über die Barrikade aus Balken und Steinen, die dahinter stand, war noch kein Feind hinweggestiegen.
Aragorn blickte zu den blassen Sternen auf und zum Mond, der im Begriff war, hinter den Hügeln an der Westseite des Tals unterzugehen. „Diese Nacht dauert Jahre“, sagte er. „Wie lange lässt der Tag noch auf sich warten?“
„Der Morgen ist nicht mehr fern“, sagte Gamling, der nun heraufgestiegen war und zu ihnen trat. „Aber er wird uns nichts nützen, fürchte ich.“
„Trotzdem ist der Morgen immer die Hoffnung der Menschen“, sagte Aragorn.
„Aber diese Isengarder Kreaturen, diese Halborks oder Orkmenschen, die Saruman mit seinem Hexenzauber gezüchtet hat, die machen nicht schlapp in der Sonne“, sagte Gamling. „Und die wilden Menschen aus dem Hügelland schon gar nicht. Hörst du nicht, wie sie schreien?“
„Ich höre sie“, sagte Éomer. „Aber für mein Ohr ist das nur Vogelgekreisch und viehisches Gebrüll.“
„Doch viele schreien in der dunländischen Sprache“, sagte Gamling. „Ich kenne diese Sprache. Es ist eine alte Mundart der Menschen, und einst wurde sie in vielen westlichen Tälern der Mark gesprochen. Hört! Sie hassen uns, und jetzt freuen sie sich, denn unser Untergang scheint ihnen gewiss. ‚Den König, den König!‘, rufen sie. ‚Wir nehmen ihren König gefangen! Tod den Forgoil! Tod den Strohköpfen! Tod den Landräubern aus dem Norden!‘“ Das sind ihre Schimpfnamen für uns. Auch nach fünfhundert Jahren haben sie ihren Groll darüber noch nicht vergessen, dass die Herren von Gondor die Mark Eorl dem Jungen überlassen und ein Bündnis mit ihm geschlossen haben. Diesen alten

Hass hat Saruman wieder angefacht. Und wenn sie einmal in Wut sind, können sie grimmig dreinschlagen. Ob es Morgen oder Abend wird, sie werden nicht aufgeben, bevor nicht Théoden gefangen ist oder sie selbst tot sind."

„Dennoch, mir bringt der Tag Hoffnung", sagte Aragorn. „Heißt es nicht, die Hornburg sei nie eingenommen worden, wenn Menschen sie verteidigten?"

„So sagen die Barden", sagte Éomer.

„Dann wollen wir sie verteidigen und hoffen", sagte Aragorn.

Während sie noch sprachen, erschallten Trompeten. Dann krachte und blitzte es, und eine Rauchwolke stieg auf. Das Wasser des Klammbachs ergoss sich schäumend und prasselnd nach draußen: Es wurde nicht mehr gestaut; in den Wall war ein klaffendes Loch gesprengt worden. Ein Haufen dunkler Gestalten strömte hinein.

„Sarumans Teufelswerk!", rief Aragorn. „Sie sind, während wir hier redeten, wieder in die Rinne gekrochen und haben unter unseren Füßen das Orthancfeuer gezündet. *Elendil, Elendil!",* rief er und sprang hinunter in die Bresche; aber schon wurden hundert Leitern an die Mauer gestellt, und der letzte Sturmangriff rollte heran, über den Wall und unter den Wall hindurch, wie eine dunkle Woge über eine Sandbank. Die Verteidiger wurden weggefegt. Manche der Männer wurden in die Klamm zurückgedrängt, tiefer und tiefer hinein, fallend oder fechtend und Schritt für Schritt zu den Höhlen hin zurückweichend. Andere versuchten, sich zur Burg durchzuschlagen.

Eine breite Treppe führte aus der Schlucht auf den Felsen und zum hinteren Tor der Hornburg hinauf. Am Fuß der Treppe stand Aragorn. In seiner Hand gleißte noch immer Andúril, und der Respekt vor der Klinge hielt die Feinde einstweilen auf, während diejenigen, die sich zur Treppe gerettet hatten, einer nach dem andern zum Tor hinaufstiegen. Hinter Aragorn kniete Legolas auf den oberen Stufen. Er hielt den Bogen gespannt, mit dem letzten aufgelesenen Pfeil, den er noch hatte, bereit, den ersten Ork zu erschießen, der es wagen würde, sich der Treppe zu nähern.

„Alle, die entkommen konnten, sind drinnen, Aragorn", rief

er. „Komm herauf!“ Aragorn drehte sich um und rannte die Treppe hinauf, aber vor Müdigkeit strauchelte er. Sofort stürmten die Feinde vor. Johlend kamen die Orks die Treppe hoch, die langen Arme schon nach ihm ausgestreckt. Der vorderste fiel mit Legolas’ letztem Pfeil in der Kehle, aber die anderen setzten über ihn hinweg. Dann krachte ein großer Stein, von der Außenmauer herabgeschleudert, auf die Treppe und warf sie zurück in die Klamm. Aragorn erreichte die Tür, und rasch wurde sie hinter ihm zugeschlagen.

„Schlecht steht es um uns, Freunde“, sagte er und wischte sich mit dem Ärmel den Schweiß von der Stirn.

„Ziemlich schlecht“, sagte Legolas, „doch nicht hoffnungslos, solange wir dich haben. Wo ist Gimli?“

„Ich weiß nicht“, sagte Aragorn. „Ich sah ihn im Gefecht in der Klamm hinter dem Wall, aber wir wurden von den Feinden auseinander gedrängt.“

„O weh! Schlechte Nachricht!“, sagte Legolas.

„Er ist stark und tapfer“, sagte Aragorn. „Hoffen wir, dass er sich zu den Höhlen retten kann. Da wäre er für eine Weile sicher. Sicherer als wir. Es wäre eine Zuflucht ganz nach seinem Geschmack.“

„Darauf muss ich hoffen“, sagte Legolas. „Aber ich wünschte, er wäre hierher durchgekommen. Ich wollte ihm berichten, dass ich nun bei neununddreißig bin.“

„Wenn er sich zu den Höhlen durchschlägt, wird er deine Zahl übertreffen“, sagte Aragorn. „Noch nie habe ich jemanden so mit einer Axt spielen sehn.“

„Ich muss Pfeile suchen“, sagte Legolas. „Wäre nur diese Nacht schon vorüber, dass ich bei besserem Licht zielen könnte!“

Aragorn ging in die Burg. Zu seinem Schrecken erfuhr er, dass Éomer die Burg nicht erreicht hatte.

„Nein, auf den Felsen ist er nicht gekommen“, sagte einer von den Westfoldern. „Ich sah ihn zuletzt an der Einmündung in die Klamm, wie er dort kämpfte und Männer um sich sammelte. Gamling war bei ihm und der Zwerg; aber ich kam nicht zu ihnen durch.“

Aragorn ging weiter, durch den Innenhof und treppauf zu einem Zimmer hoch oben im Turm. Dort stand der König, ein dunkler Umriss vor einem schmalen Fenster, und schaute ins Tal hinaus.

„Wie steht's, Aragorn?“, sagte er.

„Den Klammwall haben sie eingenommen, Herr, und die Verteidiger weggefegt, aber viele sind hierher auf den Felsen entkommen.“

„Ist Éomer hier?“

„Nein, Herr. Aber viele von unseren Mannen haben sich in die Klamm zurückgezogen, und manche sagen, Éomer sei bei ihnen. An den engen Stellen der Schlucht können sie den Feind aufhalten und sich in die Höhlen retten. Welche Aussichten sie dann haben, weiß ich nicht.“

„Bessere als wir. Vorräte, heißt es, haben sie genug. Und die Luft ist gut dort, weil sie durch tiefe Spalten im Fels abzieht. Gegen entschlossene Männer kann niemand den Eingang erzwingen. Sie können sich lange halten.“

„Aber die Orks haben eine neue Teufelei aus dem Orthanc mitgebracht“, sagte Aragorn. „Sie haben ein Sprengfeuer, und damit haben sie den Wall eingenommen. Wenn sie in die Höhlen nicht eindringen können, werden sie vielleicht die Eingänge sprengen, sodass niemand mehr herauskommt. Doch jetzt dürfen wir nur noch an unsere eigene Verteidigung denken.“

„Ich verzehre mich in diesem Gefängnis“, sagte Théoden. „Hätte ich mit eingelegter Lanze an der Spitze meiner Männer in die Schlacht reiten können, vielleicht hätte ich dann noch einmal Kampfesfreude verspürt und dabei mein Ende gefunden. Doch hier bin ich zu nichts nütze.“

„Hier befindet Ihr euch immerhin in der stärksten Festung der Mark“, sagte Aragorn. „In der Hornburg haben wir bessere Aussichten, Euch zu verteidigen, als in Edoras oder selbst in Dunharg in den Bergen.“

„Es heißt, die Hornburg sei noch nie gestürmt worden“, sagte Théoden, „doch jetzt kommen mir Zweifel. Die Welt wird anders, und alles, was einst stark war, erweist sich nun als unsicher. Wie soll ein Turm solcher Überzahl und solch ungestümem Hass standhalten? Hätt ich gewusst, dass Isen-

gard so stark geworden ist, wäre ich vielleicht nicht so forsch dagegen ins Feld geritten, trotz allen Künsten Meister Gandalfs. Sein Rat erscheint mir jetzt nicht mehr so gut wie in der Morgensonne."
„Über Gandalfs Rat urteilt erst, wenn alles vorüber ist, Herr", sagte Aragorn.
„Das Ende wird nicht lange auf sich warten lassen", sagte der König. „Aber ich will es nicht hier erwarten, wie ein alter Dachs in der Falle. Schneemähne, Hasufel und die Pferde meiner Garde stehen im Innenhof. Wenn der Morgen graut, lasse ich Helms Horn blasen und reite aus. Reitest du mit mir, Arathorns Sohn? Vielleicht können wir uns einen Weg bahnen, oder wir finden ein Ende, das eines Liedes würdig ist – wenn danach noch jemand übrig bleibt, um uns zu besingen."
„Ich reite mit Euch", sagte Aragorn.
Dann ließ er den König allein und ging auf die Mauern, machte die Runde, sprach den Männern Mut zu und griff selbst in den Kampf ein, wo er am heftigsten tobte. Legolas ging mit ihm. Sprengfeuer krachten unter ihnen, dass die Steine bebten. Greifhaken wurden heraufgeworfen und Leitern angestellt. Immer wieder kamen Orks bis auf die Mauerkrone, und immer wieder warfen die Verteidiger sie hinunter.

Schließlich trat Aragorn auf die Mauer über dem großen Tor, die auf ihn abgeschossenen Pfeile nicht beachtend. Er blickte umher und sah den Himmel im Osten blass werden. Dann hob er die leere Hand, mit der Innenfläche nach außen, zum Zeichen der Unterhandlung.
Die Orks johlten und lästerten. „Runterkommen! Runterkommen!", brüllten sie. „Wenn du mit uns reden willst, dann komm runter! Bring deinen König gleich mit! Wir sind die kampferprobten Uruk-hai. Wir holen ihn aus seinem Loch, wenn er nicht kommen will. Bring deinen feigen König mit!"
„Der König kommt und geht, wann es ihm beliebt", sagte Aragorn.
„Was willst du dann hier?", antworteten sie. „Was glotzt du

in die Gegend? Um zu sehn, wie stark unser Heer ist? Wir sind die kampferprobten Uruk-hai."

„Ich will sehn, ob es bald Morgen wird", sagte Aragorn.

„Morgen, na und?", höhnten sie. „Wir sind die Uruk-hai. Wir kämpfen bei Tag und bei Nacht und bei jedem schlechten Wetter. Wir töten euch, egal ob die Sonne oder der Mond scheint. Freu dich auf den Morgen!"

„Niemand weiß, was der neue Tag bringen wird"; sagte Aragorn. „Verschwindet hier, oder es wird euch Leid tun!"

„Mach, dass du von der Mauer kommst, oder wir schießen dich ab!", riefen sie. „Das ist keine Verhandlung. Du hast nichts zu sagen."

„Doch, eines hab ich euch noch zu sagen", antwortete Aragorn. „Kein Feind hat die Hornburg je eingenommen. Zieht ab, oder nicht einer von euch wird verschont! Nicht einer wird mit dem Leben davonkommen und im Norden Meldung machen. Ihr wisst nicht, in welcher Gefahr ihr schwebt."

Ganz wie ein König stand Aragorn über dem zertrümmerten Tor vor den Scharen der Feinde, und vielen von den wilden Menschen kamen Bedenken; sie blickten über die Schulter ins Tal hinter sich, und manche schauten zweifelnd zum Himmel auf. Die Orks aber lachten schallend, und ein Hagel von Spießen und Pfeilen schwirrte über die Mauer, als Aragorn heruntersprang.

Dann gab es ein Krachen und einen Feuerstoß. Der Mauerbogen über dem großen Tor, auf dem er eben noch gestanden hatte, stürzte in einer Wolke von Rauch und Staub in sich zusammen. Die Barrikade war zerstreut, als hätte der Blitz eingeschlagen. Aragorn rannte zum Turm des Königs. Aber als der Staub sich setzte und die Orks ringsum sich brüllend zum Sturmangriff bereitmachten, kam hinter ihnen ein Gemurmel auf, wie ein Wind aus der Ferne, und schwoll zu einem Gewirr von vielen Stimmen an, die Unerhörtes in die Dämmerung hinausschrien. Als die Orks, die schon auf dem Felsen standen, die Schreckenslaute hörten, zögerten sie und schauten sich um. Und plötzlich erschallte vom Turm herab Helms ohrenbetäubendes Horn.

Es waren Töne, die alle erzittern machten. Viele Orks warfen sich flach zu Boden und hielten sich mit ihren Klauen die Ohren zu. Von weit hinten aus der Klamm kam das Echo, Stoß für Stoß, als stünde auf jedem Felsen und jeder Bergkuppe ein riesiger Hornbläser. Die Männer auf den Mauern aber horchten erstaunt auf, denn das Echo verhallte nicht, sondern setzte sich fort in den Hügeln am Rand des Tales; und die Hornstöße kamen näher, wurden lauter, feurig und furchtlos, und schienen einander zu antworten.

„Helm! Helm!“, schrien die Reiter. „Helm ist erwacht und zieht in den Kampf. Helm für König Théoden!“

Und bei diesem Ruf erschien der König. Schneeweiß war sein Ross, golden sein Schild und lang sein Speer. Rechts neben ihm ritt Aragorn, Elendils Erbe, und hinter ihm kamen die Edlen aus dem Hause Eorls des Jungen. Hell wurde der Himmel, und die Nacht verging.

„Auf, Eorlingas!“ Brüllend und in donnerndem Galopp stürmten sie vor. Die Rampe vom Tor preschten sie herab, über den Uferweg, und dann stießen sie durch Isengards Heere, wie der Wind durchs Gras läuft. Aus der Klamm hinter ihnen kamen die Schlachtrufe der Männer aus den Höhlen, die nun die Feinde vor sich her trieben. Alle, die noch auf dem Felsen waren, strömten hervor. Und noch immer hallten Hornstöße aus den Hügeln wider.

Vorwärts ritten sie, der König und seine Getreuen. Helden und Hauptmänner der Feinde sanken vor ihnen hin oder flohen. Weder Ork noch Mensch hielt ihnen stand. Alle kehrten den Schwertern und Speeren der Reiter den Rücken und dem Talausgang das Gesicht zu. Sie heulten und jammerten, denn unbegreifliche Schrecknisse waren mit dem Anbruch des Tages über sie hergefallen.

So kam König Théoden von Helms Tor herab und hieb sich den Weg zum großen Damm frei. Dort machte der Trupp Halt. Es wurde hell. Die ersten Sonnenstrahlen fielen über die Hügel im Osten und machten ihre Speerspitzen schimmern. Doch sie saßen sprachlos auf ihren Pferden und blickten ins Klammtal hinunter.

Das Land war nicht wieder zu erkennen. Wo zuvor ein grünes Tal gelegen hatte, mit grasigen Hängen, die sich ein Stück weit zu den Bergen hinaufzogen, da stand nun ein Wald: hohe, dicke Bäume, kahl und stumm, Reihe für Reihe hintereinander, mit struppigem Geäst und altersgrauen Kronen, die knorrigen Wurzeln ins hohe Gras versenkt. Unter ihnen war Dunkelheit. Nur eine Viertelmeile offenes Gelände lag zwischen dem Damm und dem Rand dieses namenlosen Waldes. Dort drängte und duckte sich nun Sarumans stolzes Heer, eingekeilt zwischen dem furchtbaren König und den entsetzlichen Bäumen. Von Helms Tor strömten sie herab, bis der ganze Streifen oberhalb des Damms von ihnen frei war, aber darunter liefen sie nun dicht an dicht durcheinander wie Fliegenschwärme. Vergebens kletterten und krochen sie die Seitenwände der Talmulde empor, um zu entkommen. Im Osten waren die Hänge zu steil und felsig; und zur Linken, von Westen, nahte nun ihr Verhängnis.

Auf einem der Kämme dort erschien ein Reiter, in Weiß, schimmernd in der aufgehenden Sonne. Hornstöße schallten über die Hügel. Hinter dem Reiter kamen tausend Mann zu Fuß die langen Hänge herabgeeilt, die Schwerter in der Hand. Mitten unter ihnen ging ein Hüne mit rotem Schild. An den Rand des Tals gelangt, setzte er ein großes schwarzes Horn an die Lippen und blies einen weit hallenden Ton.

„Erkenbrand!“, riefen die Reiter. „Erkenbrand!“

„Seht ihr den Weißen Reiter?“, rief Aragorn. „Gandalf ist wieder da!“

„Mithrandir, Mithrandir!“, sagte Legolas. „Das nenn ich zaubern! Komm, diesen Wald möcht ich sehen, ehe der Zauber vorüber ist!“

Brüllend rannten Isengards Soldaten hin und her, immer vor einem Gräuel zum andern flüchtend. Wieder erschallte das Horn vom Turm herab. Auf sie nieder stießen die Reiter des Königs durch die Bresche im Deich. Auf sie nieder von den Hügeln stieß Erkenbrand, der Herr der Westfold. Auf sie nieder stieß Schattenfell, der sicheren Tritts den Hang herabkam wie eine Gämse in den Bergen. Der Weiße Reiter ging auf sie los, und der Schrecken, der ihm vorauseilte, raubte den Feinden den Verstand. Die wilden Menschen warfen sich vor ihm auf den Bauch. Die Orks wussten nicht aus noch ein und warfen heulend Schwert und Speer weg. Wie schwarzer Rauch, den ein aufkommender Wind davontreibt, flohen sie. Winselnd schlüpften sie in den Schatten der Bäume, und aus diesem Schatten kam keiner wieder ans Licht.

Nach der Schlacht an Helms Klamm entschließt sich Gandalf, seinen Widersacher Saruman direkt in Isengart aufzusuchen und zur Rede zu stellen. Neben Aragorn, Legolas und Gimli begleitet ihn König Théoden mit einem kleinen Gefolge.

Isengart: Inmitten eines steinernen Ringwalls von einer Meile Durchmesser liegen die Unterkünfte von Sarumans Truppen. Die Werkstätten, die seinen Nachschub erzeugen, die Lagerräume und Gefängnisse sind z. T. unterirdisch angelegt. Im Zentrum der Anlage steht Sarumans Burg Orthanc, ein hoch aufragender schwarz glänzender Turm. Sarumans Machtbasis zeigt alle Anzeichen heftiger Verwüstung, die von den zornigen Ents unter der Führung von Baumbart angerichtet worden ist. Siegreich sind sie inzwischen heimgekehrt, haben aber Pippin und Merry zurückgelassen, damit sie Gandalf von den Vorgängen berichten. So sind nun sechs der Ringgefährten wieder vereint.

Von allen Gefolgsleuten – bis auf Schlangenzunge – verlassen, erwartet Saruman in seinem Turm die Besucher. Er versucht König Théoden zu einem Friedensbündnis zu überreden, doch der lässt sich nicht darauf ein. Nach einem heftigen Wortgefecht wird Saruman von Gandalf aus dem Orden der großen Zauberer ausgestoßen, sein Stab wird zerbrochen.

Daraufhin wirft Schlangenzunge aus einem Fenster des Turms eine dunkle Kristallkugel nach den Gefährten und verfehlt Gandalf nur knapp. Er hat nicht gewusst, dass es sich bei dem Wurfgeschoss um Sarumans kostbarsten Besitz, einen Palantir, handelt. Von diesen aus alter Zeit überlieferten Steinen gibt es nur sieben. Ihre besondere Kraft beruht darin, dass ihre Besitzer jederzeit, wo immer sie sich befinden, miteinander kommunizieren können. Gandalf erkennt den Palantir sogleich und nimmt ihn an sich. Dann reiten sie zurück nach Süden.

In der Nacht verspürt Pippin das unwiderstehliche Bedürfnis, sich den geheimnisvollen Kristall näher anzuschauen. Als er hineinblickt, gerät er in den Bann eines Auges; er erlebt eine Art Hypnose, dann stößt er einen

Schrei aus und verfällt in eine Starre. Gandalf kümmert sich um ihn und stellt fest, dass Pippin über den Stein Kontakt mit Mordor gehabt hat und von dort als Hobbit erkannt und für den von Saruman gefangenen Ringträger gehalten worden ist. Nur weil Sauron das Gespräch ungeduldig abgebrochen hat, um einen Boten zu entsenden, der den Hobbit sofort abholen und zu ihm bringen soll, hat Pippin keinen größeren Schaden davongetragen. Kurz darauf überfliegt ein schwarzer geflügelter Nazgûl aus Mordor die Gruppe.

Sogleich drängt Gandalf zum Aufbruch. Er gibt den Palantir in Aragorns Obhut, denn er stammt aus dem Besitz seiner Vorfahren, der Könige von Gondor.

König Théoden reitet mit seinem Gefolge heim, während die Ringgefährten sich auf nach Gondor machen, zur Stadt Minas Tirith.

Inzwischen ist Frodo, der wirkliche Ringträger, in Begleitung von Sam auf dem Weg nach Mordor. Seit der Trennung von den Gefährten sind bereits mehrere Tage vergangen. Sie werden von Gollum verfolgt, doch es gelingt ihnen, ihn zu überwältigen und zu einem Treueschwur zu zwingen. Gollum ist nach wie vor von der Gier nach dem Ring durchdrungen, aber er beugt sich den Umständen und führt die Hobbits tagelang durch gefährliche Sümpfe und wüstes Ödland, bis sie zum Schwarzen Tor gelangen, dem Eingang nach Mordor: Eine von zwei Wachtürmen flankierte Mauer versperrt den Pass zwischen zwei Gebirgskämmen, ein eisernes Tor bildet den einzigen Durchlass. Frodo und Sam erkennen bald, dass es aussichtslos wäre, an dieser stark bewachten Stelle in das Land Mordor eindringen zu wollen.

Gollum, der immer noch hofft, selber in den Besitz des Ringes zu gelangen, erklärt sich widerstrebend bereit, ihnen einen anderen Weg zu zeigen. Er führt sie etwa dreißig Stunden am Fuße des westlichen Gebirges entlang nach Süden zu einer Kreuzung, von wo aus ein verborgener schmaler Pfad die Berge in östlicher Richtung überqueren soll. Sie wandern nachts und rasten am Tag. Während einer Rast bereitet Sam erbeutete Kaninchen

über offenem Feuer zu. Der Rauch verrät sie einem Spähtrupp aus Gondor, der von Boromirs Bruder Faramir angeführt wird. Nach anfänglichem Misstrauen verständigen sie sich und tauschen Nachrichten aus. Frodo berichtet zwar von Boromirs Tod, verschweigt aber die Ursache ihres Konflikts und erwähnt auch den Ring nicht. Kurz darauf hat der kleine Trupp aus Gondor ein Gefecht gegen Hilfstruppen Mordors aus dem Süden zu bestehen. Die anschließende Nacht verbringen Sam und Frodo in einer versteckten Fluchtburg Faramirs, sie werden versorgt und können zum ersten Mal seit langer Zeit in Sicherheit schlafen.
Am nächsten Tag führt Gollum die Hobbits weiter auf ihr Ziel zu: die Wegkreuzung im Süden und den kaum bewachten Pass Cirith Ungol, wo der Pfad sich zunächst über viele Treppen dem Kamm des Gebirges nähert und dann durch ein Höhlensystem auf die östliche Seite führt. Gollum hat ihnen verschwiegen, dass diese Höhlen von einer großen alten Spinne namens **Kankra** bewohnt werden.

Neuntes Kapitel
Kankras Lauer

Vielleicht war es inzwischen wirklich Tag geworden, wie Gollum behauptete, aber die Hobbits bemerkten kaum einen Unterschied, abgesehen davon, dass der lastende Himmel über ihnen nicht mehr ganz so schwarz, sondern eher wie eine große Rauchglocke war, und dass statt der mitternächtlichen Stockfinsternis, die in den Spalten und Löchern noch immer herrschte, nun ein grauer, schmieriger Schatten die steinerne Welt ringsum überzog. Sie gingen weiter, Gollum voran, die Hobbits jetzt nebeneinander, die lange Schlucht hinauf zwischen den Pfeilern und Säulen von brüchigem, verwittertem Stein, die wie riesige ungeschlachte Statuen zu beiden Seiten standen. Kein Laut war zu hören. Ein Stück weit voraus, etwa eine Meile, erhob sich eine große graue Wand, eine letzte riesige Aufwerfung des Gesteins. Dunkler und immer höher ragte sie auf, als sie näher kamen, bis sie ihnen die Sicht auf alles versperrte, was dahinter lag. Zu Füßen der Wand herrschte dichter Schatten. Sam sog schnuppernd die Luft ein.

„Uch! Was für ein Geruch!“, sagte er. „Wird immer stärker.“

Gleich darauf traten sie in den Schatten, und in dessen Mitte sahen sie den Eingang zu einer Höhle. „Da geht es rein“, sagte Gollum leise. „Dies ist der Eingang in den Tunnel.“ Den Namen des Tunnels sprach er nicht aus: Torech Ungol, die Spinnenhöhle. Daraus hervor kam ein übler Dunst; nicht ein widerlicher Verwesungsgeruch, wie auf den Wiesen des Morgultals, sondern ein dicker, fauler Gestank, als lägen drinnen im Dunkeln große Haufen von unbeschreiblichem Unrat.

„Ist dies der einzige Weg, Sméagol?“, sagte Frodo.

„Ja, ja“, antwortete er. „Jawohl, diesen müssen wir gehen.“

„Willst du sagen, durch dieses Loch bist du schon mal gegangen?“, sagte Sam. „Puh! Aber dich stören solche Gerüche vielleicht nicht.“

Gollums Augen flackerten. „Er weiß nicht, was uns stört, was, mein Schatz?

Nein, weiß er nicht. Aber Sméagol kann einiges ertragen. Jawohl. Er's durchgegangen, o ja, mittendurch. Ist der einzige Weg."

„Und von was kommt der Geruch, möcht ich wissen?", sagte Sam. „Riecht wie ... na, das sag ich lieber nicht. Irgendein Orkstall, möcht ich wetten, mit dem Kot von hundert Jahren."

„Egal", sagte Frodo, „ob Orks oder keine Orks, wenn es der einzige Weg ist, müssen wir durch."

Sie holten noch einmal tief Luft und traten hinein. Nach wenigen Schritten waren sie in vollkommener, undurchdringlicher Finsternis, wie Frodo und Sam sie seit den lichtlosen Gängen von Moria nicht mehr erlebt hatten; nur war sie hier womöglich noch tiefer und dichter. Dort hatte es noch Luftzug und Echo gegeben, und sie hatten den Raum erspüren können, in dem sie sich bewegten. Hier war die Luft reglos, dick und abgestanden, und alle Geräusche schienen zu ersticken. Es war, als gingen sie durch einen schwarzen Dunst, der aus dem Stoff der Finsternis selbst bestand und der, wenn man ihn einatmete, nicht nur die Augen, sondern auch den Geist mit Blindheit schlug, sodass selbst die Erinnerung an Farben, Formen und jederlei Licht verblasste. Nacht war immer gewesen, Nacht würde immer sein, Nacht war alles.

Eine Zeit lang konnten sie noch tasten, und die Sinne ihrer Finger und Zehen schienen sich zuerst fast schmerzhaft zu schärfen. Zu ihrer Überraschung fühlten die Wände sich glatt an, und der Boden, bis auf eine Stufe dann und wann, war ebenfalls glatt, jedoch merklich ansteigend. Der Tunnel war hoch und breit, so breit, dass die Hobbits, obwohl sie nebeneinander gingen, mit den ausgestreckten Händen die Wände entlangstreifend, durch die Dunkelheit einer vom andern abgeschnitten waren.

Gollum war als Erster hineingegangen und schien nur ein paar Schritt vor ihnen zu sein. Solange sie noch imstande waren, auf dergleichen Acht zu geben, hörten sie seinen zischenden und pfeifenden Atem. Aber nach einer Weile stumpften ihre Sinne ab, sowohl die Finger wie die Ohren schienen taub zu werden, aber sie gingen weiter, tastend, Fuß vor Fuß setzend, weiter, weiter, getragen hauptsächlich von dem Willen, mit dem sie eingetreten waren, dem Willen, hindurchzugelangen und auf der andern Seite endlich wieder ins Freie zu kommen.

Sie waren wohl noch nicht sehr weit gegangen, aber für Zeit und Entfernung hatten sie bald keinen Sinn mehr, als Sam, der sich an der Wand auf der rechten Seite entlangtastete, eine Öffnung bemerkte. Für einen Moment wehte von dort ein schwacher Hauch von weniger dicker Luft herein; aber gleich waren sie daran vorüber.

„Es gibt nicht nur den einen Gang hier", flüsterte er mit Mühe: Sein Atem schien keinen Laut abgeben zu wollen. „Das ist hier so orkmäßig wie nur was!"

Danach kamen sie, zuerst Sam auf der rechten, dann Frodo auf der linken Seite, noch an drei oder vier solchen Öffnungen vorüber, manche breiter, manche schmaler; aber bis jetzt gab es keinen Zweifel, welches der Hauptgang war, denn er führte ohne Biegungen geradeaus und immer noch stetig bergauf. Aber wie lang mochte er sein, wie viel mehr desgleichen müssten sie noch ertragen und wie viel konnten sie noch ertragen? Das Atmen fiel ihnen immer schwerer, je höher sie kamen; und nun war ihnen auch noch, als spürten sie in der blinden Nacht einen Widerstand, der zäher war als die dicke Luft. Während sie sich vorwärts schoben, streiften Dinge über ihre Köpfe und Hände: Fühler, Fangarme oder herabhängende Gewächse, sie wussten nicht, was. Und immer übler wurde der Gestank, so erdrückend, dass sie fast glaubten, als einziges Sinnesorgan bleibe ihnen nur die Nase, und auch die nur zu ihrer Qual. Eine Stunde, zwei Stunden, drei: Wie viele hatten sie schon zugebracht in diesem lichtlosen Loch? Stunden, oder waren es eher Tage oder Wochen? Sam ging ab von der Tunnelwand und näher zu Frodo hin, ihre Hände trafen und umklammerten sich, und so gingen sie zusammen weiter.

Dann griff Frodos Hand, die immer noch an der linken Seite entlangtastete, plötzlich ins Leere. Fast wäre er seitwärts ins Ungewisse gefallen. Hier war eine viel breitere Öffnung im Gestein als alle, an denen sie bisher vorübergekommen

waren; und aus ihr drang ein so betäubender Gestank hervor und ein so eindringliches Vorgefühl lauernder Tücke, dass Frodo die Knie weich wurden. Und im gleichen Moment taumelte auch Sam und fiel vornüber.
Gegen die Angst und die Übelkeit ankämpfend, packte Frodo ihn bei der Hand. „Auf!“, sagte er heiser und tonlos. „Da kommt alles her, der Gestank und die Gefahr. Schnell weiter, los!“
Alle Kraft und allen Willen, die er noch hatte, zusammennehmend, half er Sam auf die Beine und zwang die eigenen Beine vorwärts. Sam stolperte neben ihm her. Einen Schritt, zwei Schritte, drei Schritte – endlich sechs Schritte. Vielleicht waren sie an der grässlichen unsichtbaren Öffnung vorüber, vielleicht auch nicht, aber jedenfalls fiel ihnen das Gehen plötzlich leichter, als hätte ein feindlicher Wille sie für den Augenblick losgelassen. Weiter ging es, Schritt für Schritt, immer noch Hand in Hand.
Doch fast sofort standen sie vor einer neuen Schwierigkeit. Der Tunnel gabelte sich, oder so schien es, und im Dunkeln konnten sie nicht erkennen, welcher Weg breiter war oder mehr oder weniger geradeaus führte. Welchen sollten sie nehmen, den linken oder den rechten? Nichts, wonach sie sich richten konnten – doch eine falsche Entscheidung würde fatal sein.
„Welchen Weg hat denn Gollum genommen?“, keuchte Sam. „Und wieso hat er nicht gewartet?“
„Sméagol!“, sagte Frodo. Er versuchte zu rufen. „Sméagol!“ Aber nur ein Krächzen kam heraus, und der Name fiel ihm wie tot vor die Füße. Keine Antwort, kein Echo, nicht mal ein Lüftchen regte sich.
„Diesmal ist er wirklich auf und davon, glaub ich“, murmelte Sam. „Wahrscheinlich hat er sich’s genauso gedacht, als er uns hierher gebracht hat. Gollum! Wenn du mir noch mal zwischen die Finger kommst, wird es dir Leid tun!“
Gleich darauf, im Dunkeln tastend und tappend, fanden sie den Gang zur Linken versperrt: Entweder war es eine Sackgasse, oder ein großer Stein war herabgebrochen. „Dies kann der Weg nicht sein“, hauchte Frodo. „Ob richtig oder falsch, wir müssen den andern nehmen.“

„Und zwar schleunigst!“, japste Sam. „Da ist irgendwas in der Nähe, das schlimmer ist als Gollum. Ich kann es spüren, irgendwas sieht uns an.“

Sie waren erst ein paar Schritte weit gegangen, als hinter ihnen ein bedrohliches Geräusch die dumpfe, wattige Stille zerriss: ein Gurgeln und Brodeln, gefolgt von einem langen, giftigen Zischen. Sie fuhren herum, aber zu sehen war nichts. Wie versteinert blieben sie stehen, starrten in die Dunkelheit und warteten auf wer weiß was.

„Eine Falle!“, sagte Sam und legte die Hand an den Schwertgriff; dabei dachte er an die Dunkelheit in dem Hügelgrab, aus dem die Waffe stammte. „Wenn doch bloß der alte Tom jetzt da wäre!“, dachte er. Dann, aus der Finsternis, in der er stand, schwarze Wut und Verzweiflung im Herzen, glaubte er, ein Licht zu sehen, ein inneres Licht, aber zuerst fast unerträglich hell, wie der erste Sonnenstrahl in den Augen eines Gefangenen, der lange in einem fensterlosen Loch gelegen hat. Dann nahm das Licht Farben an: grün, golden, silbern, weiß. In weiter Ferne, klein wie auf einem mit Elbenfingern gemalten Bild, sah er Frau Galadriel auf der Wiese in Lórien stehen, die Abschiedsgeschenke in den Händen. *Und für dich nun, Ringträger,* hörte er sie sagen, deutlich, obwohl von fern, *habe ich dies bereitet.*

Das brodelnde Zischen kam näher, und sie hörten ein Knarren wie von großen Gliedmaßen, die sich langsam und zielstrebig durch die Dunkelheit bewegten. Den Geräuschen wehte ein wüster Gestank voraus. „Chef, Chef!“, rief Sam, und seine Stimme klang wieder nach Leben und Tatkraft. „Das Geschenk der hohen Frau! Das Sternglas! Ein Licht sollte es an dunklen Orten für dich sein, hat sie gesagt. Das Sternglas!“

„Das Sternglas?“, murmelte Frodo, als antworte er aus dem Schlaf heraus, fast ohne zu verstehen. „Ach ja! Warum hatte ich es vergessen? *Ein Licht, wenn alle andern Lichter erlöschen!* Und jetzt kann uns in der Tat nur noch Licht helfen.“

Langsam griff er in die Brusttasche, und langsam streckte er Galadriels Phiole vor sich in die Höhe. Zuerst flimmerte sie nur schwach wie ein aufgehender Stern, der dichte Erdennebel durchdringt; dann, als sie an Kraft gewann und in Frodo die Hoffnung stärkte, begann sie zu glühen und loderte silbern auf, ein kleiner Herd blendenden Lichts, als wäre Earendil selbst mit dem letzten Silmaril an der Stirn von den hohen westlichen Bahnen herabgestiegen. Die Dunkelheit wich zurück, bis die Phiole in der Mitte einer luftigen Kristallkugel zu leuchten und die Hand, die sie hielt, weiße Funken zu sprühen schien.

Voll Erstaunen blickte Frodo auf das wunderbare Geschenk, das er so lange bei sich getragen hatte, ohne seinen Wert und seine Kraft ganz zu ermessen. Selten nur hatte er sich unterwegs daran erinnert, bevor sie ins Morgultal kamen, und in dem Bedenken, dass sein Licht sie verraten könnte, hatte er es nie gebraucht. *Aiya Earendil Elenion Ancalima!,* rief er aus, ohne zu wissen, was er sagte; denn eine andere Stimme schien aus seinem Munde zu sprechen, klar und unbedrückt von der üblen Luft in der Höhle.

Aber noch andere Mächte walten in Mittelerde, Mächte der Nacht, alt und stark. Und SIE, die in der Finsternis umging, hatte schon einst in den Tiefen der Zeit die Elben diesen Ruf ausstoßen gehört; und so wie er sie damals nicht geschreckt hatte, schreckte er sie auch jetzt nicht. Noch während er die Worte rief, fühlte Frodo sich umsponnen von einer großen Tücke und Maß genommen von einem mörderischen Blick. In geringer Entfernung, zwischen ihnen und der Öffnung in der Tunnelwand, wo sie gestürzt und getaumelt waren, wurde ein Augenpaar sichtbar, zwei große traubenförmige Augen mit vielen Fenstern: Wenigstens bekam der nahende Schrecken nun ein Gesicht. Die Strahlen des Sternglases brachen sich in den tausend Facetten und wurden zurückgeworfen, doch hinter dem Geglitzer begann nun inwendig ein fahles, tödliches Feuer zu glühen, ein stetiger Brand, der in einem Abgrund böser Gedanken entfacht sein musste. Ungeheure, abscheuliche Augen waren es, tierisch und doch bedachtsam, und mit hämischer Freude weideten sie sich am Anblick der Opfer, die ohne jede Hoffnung auf Entkommen in der Falle steckten.

Fassungslos vor Entsetzen begannen Frodo und Sam langsam zurückzuweichen, während die fürchterlichen Glotzaugen ihren Blick festhielten und ihnen Schritt für Schritt nachrückten. Frodos Hand zitterte, und langsam ließ er die Phiole sinken. Dann, plötzlich aus dem Bann entlassen, weil die Augen sich für ein Weilchen an der Vergeblichkeit ihrer panischen Fluchtversuche ergötzen wollten, drehten sie sich um und rannten zusammen davon; doch als Frodo im Laufen hinter sich blickte, sah er mit Schrecken, dass die Augen in großen Sätzen hinter ihnen her kamen. Der Todesdunst hüllte ihn schon wie eine Wolke ein.

„Bleib stehn!", rief er verzweifelt. „Weglaufen nützt nichts."

Die Augen krochen näher und näher.

„Galadriel!", rief er, fasste sich ein Herz und hob wieder die Phiole empor. Die Augen hielten an. Für einen Moment zerstreute sich ihr Blick, als trübte sie der Anflug eines Zweifels. In Frodo flammte Wut auf, und ohne zu bedenken, was er tat, ob es Tollheit, Verzweiflung oder Mut war, nahm er die Phiole in die linke Hand und zog mit der rechten sein Schwert. Blitzend im silbernen Licht fuhr die scharfe Elbenklinge aus der Scheide, und an ihren Schneiden flackerte ein blaues Feuer. Das Sternglas hoch erhoben und das blanke Schwert vorgestreckt, ging Herr Frodo Beutlin aus dem Auenland festen Schritts den Augen entgegen.

Sie blinzelten. Besorgnis trat in sie, als das Licht näher kam. Eines nach dem andern trübten sich die vielen Fenster, und langsam zogen sie sich zurück. Nie zuvor hatte eine so schmerzhafte Helligkeit sie gequält. Vor Sonne, Mond und Sternen waren sie in ihrer Höhle sicher gewesen, aber nun schien ein Stern unter die Erde herabgestiegen zu sein. Immer noch kam er näher, und die Augen hielten ihm nicht stand. Eines nach dem andern erloschen sie und wandten sich ab; dann warf ein großer Rumpf außer Reichweite des Lichts seinen schweren Schatten dazwischen. Die Augen waren verschwunden.

„Chef, Chef!", rief Sam. Er stand dicht hinter Frodo, ebenfalls kampfbereit mit gezogenem Schwert. „Den Sternen sei Dank! Aber die Elben würden ein Lied darauf machen, wenn sie jemals davon hörten. Hoffentlich kann ich's ihnen noch erzählen und sie singen hören. Geh nicht weiter, Herr Frodo! Geh nicht runter in diese Höhle! Jetzt haben wir unsere Chance. Nur raus aus diesem stinkenden Loch!“

Und so machten sie wieder kehrt und gingen weiter, bald in Laufschritt fallend, denn der Boden des Tunnels stieg nun steil empor, und jeder Schritt trug sie höher über die Dünste der unsichtbaren Stinkhöhle hinauf, und sie kamen wieder zu Kräften an Herz und Gliedern. Aber noch immer lauerte hinter ihnen die Wächterin in ihrem Hass, und mochte sie auch für eine Weile geblendet sein, war sie doch unbesiegt und ihre Mordlust ungestillt. Und nun kam ihnen ein Luftstrom entgegen, kalt und dünn. Das Ende des Tunnels, der Ausgang war endlich erreicht. Keuchend, begierig, ins Freie zu kommen, stürmten sie vorwärts – und dann, verblüfft, prallten sie taumelnd zurück. Ein Hindernis versperrte ihnen den Weg, doch keines von Stein: weich und ein wenig nachgebend, doch fest und undurchdringlich. Luft strömte hindurch, aber kein Schimmer von Licht. Noch einmal rannten sie dagegen an, und wieder wurden sie zurückgeschleudert.

Die Phiole hochhaltend sah Frodo etwas Graues vor sich, das die Strahlen des Sternglases weder durchdrangen noch erhellten, als wäre dies ein Schatten, der, in keinem Licht geworfen, auch von keinem Licht zerstreut werden konnte. Über die ganze Höhe und Breite des Tunnels war ein Netz gesponnen, ordentlich wie das Netz einer riesigen Spinne, aber dichter und viel größer, aus Fäden, von denen jeder dick wie ein Seil war.

Sam lachte grimmig. „Spinnweben!“, sagte er. „Weiter nichts? Aber was für eine Spinne! Weg mit euch! Runter mit euch!“

In heller Wut hieb er mit dem Schwert nach ihnen, doch der Faden, den er traf, riss nicht. Er gab ein wenig nach und schnellte dann zurück wie eine Bogensehne, dass die Schneide abglitt und Schwert und Arm hochgeschleudert wurden. Dreimal schlug Sam mit aller Kraft zu, und zuletzt riss wenigstens einer der zahllosen Fäden und wand sich peitschend durch die Luft. Das eine Ende traf Sam an der

Hand, und er schrie auf vor Schmerz, sprang zurück und leckte sich die Hand.

„Das wird Tage dauern, bis wir auf diese Weise den Weg freibekommen“, sagte er. „Was machen wir bloß? Sind diese Augen wieder da?“

„Nein, nichts zu sehen“, sagte Frodo. „Aber ich habe immer noch das Gefühl, dass sie mich ansehen oder sich über mich Gedanken machen: irgendeinen neuen Plan, vielleicht. Wenn dieses Licht gesenkt würde oder erlösche, wären sie ganz schnell wieder da.“

„Sind wir am Ende also doch gefangen!“, sagte Sam erbittert, und seine Wut überstieg wieder seine Müdigkeit und Verzweiflung. „Wie Mücken im Netz. Faramirs Fluch soll diesen Gollum erwischen, und zwar schnell!“

„Das würde uns jetzt nicht helfen“, sagte Frodo. „Komm, sehn wir mal, was Stich leisten kann; das ist eine Elbenklinge. Solche Schreckensgespinste gab es auch in den dunklen Schluchten von Beleriand, wo es geschmiedet wurde. Du musst Wache stehen und uns die Augen fern halten. Hier, nimm du das Sternglas! Hab keine Angst! Halt es hoch und gib Acht!“

Frodo trat an das große graue Netz heran, zog die scharfe Schneide mit einem weit ausholenden Streich quer über eine Bahn dicht verknüpfter Schnüre und sprang einen Schritt zurück. Die blau schimmernde Klinge fuhr hindurch wie eine Sense durchs Gras, und die Schnüre zuckten und zappelten und hingen dann lose herab. Ein großer Riss klaffte im Netz. Ein ums andere Mal schlug er zu, bis alles Gespinst, das er erreichen konnte, zerfetzt am Boden lag und das obere Stück im hereinwehenden Wind flatterte wie ein Vorhang am offenen Fenster. Die Falle war aufgebrochen.

„Los!“, rief Frodo. „Weiter, weiter!“ Eine wilde Freude packte ihn, dass sie aus diesem Schlund der Verzweiflung entkommen waren. In seinem Kopf strudelte es wie nach einem Becher starken Weins. Brüllend sprang er ins Freie.

Hell war es selbst in diesem dunklen Land für seine Augen, die durch die Höhlennacht gegangen waren. Die schweren

Rauchwolken waren höher aufgestiegen und dabei dünner geworden; die letzten Stunden eines trüben Tages gingen zu Ende; und der rote Glutschein über Mordor war zu einem stumpfen Glosen niedergebrannt. Und doch war es Frodo, als blicke er in die Morgenröte einer neuen Hoffnung. Fast hatten sie nun den höchsten Punkt des Gebirgswalls erreicht. Nur noch ein kleines Stück höher sah er die Spalte vor sich, Cirith Ungol, eine blasse Kerbe in dem schwarzen Gebirgskamm, mit den dunkel in den Himmel aufragenden Felshörnern zu beiden Seiten. Nur noch eine kleine Anstrengung, ein Spurt, und er wäre hindurch!

„Der Pass, Sam!", rief er aus voller Kehle, und nach der Erlösung aus den würgenden Dünsten des Tunnels schallte seine Stimme hoch und laut. „Der Pass! Lauf zu, lauf, und wir sind durch, bevor irgendwer uns aufhalten kann!"

Sam lief hinter ihm her, so schnell die Beine ihn tragen wollten; aber bei aller Freude, wieder im Freien zu sein, blickte er doch im Laufen zu dem dunklen Bogen des Tunnelausgangs zurück, in der Befürchtung, die Augen könnten wieder auftauchen oder irgendein unvorstellbares Biest, das ihnen nachjagte. Allzu wenig wussten er und sein Chef davon, wie Kankra ihre Opfer fing. Ihre Höhle hatte nicht nur einen Ausgang.

Seit unvordenklichen Zeiten hauste sie dort, ein Unwesen in Spinnengestalt, eines von denen, die einst das Land der Elben im Westen, welches nun das Meer deckt, unsicher gemacht hatten und mit denen Beren in den Bergen des Grauens zu kämpfen hatte, als er nach Doriath ging und Lúthien begegnete, auf dem grünen Gras zwischen den Schierlingstannen, im Mondschein vor langer Zeit. Wie Kankra auf der Flucht aus den Trümmern der alten Welt dort hingelangt war, wird nirgendwo berichtet, denn aus den Dunklen Jahren sind nur wenige Geschichten auf uns gekommen. Aber sie war noch immer da, wo sie schon vor Sauron gewesen war, bevor noch der Grundstein des Barad-dûr gelegt wurde; und sie diente niemandem als sich selbst, soff sich voll am Blut von Elben und Menschen, wurde fett und aufgedunsen bei ihren endlosen Gelagen und spann ihre Schattennetze. Ihr Fraß war alles, was lebte, und ihr Auswurf war Finsternis. Ihre geringere Brut, Bankerte von elenden Männchen, ihren eigenen Söhnen, die sie nach der Paarung zu töten pflegte, wucherte weit und breit über die Schluchten und Täler des Ephel Dúath und von da bis zu den Gebirgen im Osten, bis in die undurchdringlichen Gehölze des Düsterwalds und die Gegend um Dol Guldur. Doch keine vermochte wie sie, Kankra die Große, Ungoliants letzte Tochter, die unglückliche Welt zu plagen.

Schon vor Jahren hatte Gollum mit ihr Bekanntschaft gemacht, Sméagol, der seine Nase in alle dunklen Löcher steckte, und hatte ihr untertänigst seine Verehrung bezeigt; und ihr finsterer Wille begleitete ihn auf all seinen beschwerlichen Wegen und hielt ihn fern vom Licht und von aller Reue. Und versprochen hatte er, Futter für sie heranzuschaffen. Doch sie begehrte andere Dinge als er. Wenig wusste sie oder wollte sie wissen von Türmen, Ringen oder anderen Werken des Geistes oder der Hand; sie, die allen anderen nur den Tod an Leib und Seele und sich selbst ein Leben in Völlerei wünschte, allein, aufgeschwollen, bis die Berge sie nicht mehr halten und die Finsternis sie nicht mehr umfangen könnte.

Doch die Erfüllung dieser Wünsche lag noch fern, und seit langem litt sie nun schon Hunger und lauerte vergebens in ihrer Höhle, denn als Saurons Macht zunahm, hatten alle Dinge von Licht und Leben sich von den Grenzen seines Reiches zurückgezogen. Die Stadt im Tal war eine tote Stadt, und kein Elb oder Mensch kam in Reichweite, nur hin und wieder ein unglückseliger Ork. Erbärmlicher Fraß, und obendrein schwer zu fangen! Aber fressen musste sie, und wie eifrig die Orks sich auch um den Pass und ihren Turm immer neue gewundene Gänge gruben; stets kam Kankra ihnen auf die Schliche. Aber zarteres Fleisch mochte sie lieber. Und Gollum hatte ihr welches herangeführt.

„Mal sehn, mal sehn“, hatte er sich oft auf dem langen und gefährlichen Marsch von den Emyn Muil zum Morgultal gesagt, wenn ihm der Sinn nach dem Bösen stand, „mal sehn! Es könnte sein, o ja, könnte sein, dass wir ihn finden, wenn SIE die Knochen und die Kleider wegwirft, dass wir ihn finden, den Schatz, und dann kriegt ihn der arme Sméagol zum Lohn dafür, dass er so feines Futter bringt. Und so retten wir ihn ja, den Schatz, wie versprochen. Und wenn wir ihn erst mal haben, dann soll SIE's erfahren! O ja, dann zahlen wir's IHR heim, mein Schatz. Allen werden wir's heimzahlen!"

So dachte er im stillen Kämmerlein seiner Hinterlist, das er vor ihr noch verschlossen zu halten hoffte, als er sie wieder besucht und ihr seine ergebenste Aufwartung gemacht hatte, während seine beiden Begleiter schliefen.

Und was Sauron anging, so wusste er, wo sie auf der Lauer lag. Ihm war es recht, dass sie dort hauste und dass der Hunger ihre Bosheit nicht zur Ruhe kommen ließ, denn so war sie eine verlässlichere Wache an jenem alten Weg in sein Land als jede andere Vorkehrung, die er in seiner Schläue hätte ersinnen können. Und die Orks? Gewiss, sie waren brauchbare Sklaven, aber von ihnen hatte er genug. Und wenn Kankra sich hin und wieder einen fing und ihn verspeiste, so sollte er ihr gegönnt sein: Den konnte er entbehren. Und wie ein Mensch manchmal seiner Katze (*seine* Katze nennt er sie, obwohl sie ihm nicht gehört) einen Leckerbissen hinwirft, so pflegte Sauron ihr Gefangene zu schicken, mit denen er nichts Besseres anzufangen wusste: Er ließ sie zu ihrer Höhle bringen und verlangte Bericht über die Spiele, die sie mit ihnen getrieben hatte.

So kamen sie beide auf ihre Kosten, erfreuten sich jeder an den eigenen Machenschaften und brauchten keinen Angriff, niemandes Zorn und kein Ende ihres Unwesens zu befürchten. Nie war auch nur eine Fliege aus Kankras Netzen entkommen, und umso größer waren nun ihre Wut und ihr Hunger.

Aber nichts von all der Bosheit, die sie gegen sich aufgebracht hatten, wusste der arme Sam Gamdschie. Er spürte nur, dass eine Furcht ihn beschlich, dass eine Gefahr immer näher kam, die er nicht sehen konnte; und dies wurde zu einer Last, die seinen Lauf hemmte und seine Beine bleischwer werden ließ.

Schrecken lauerte ringsum, und vor ihnen auf dem Pass

wachten die Feinde, und sein Chef, in einer verrückten Laune, schien ihnen geradewegs in die Arme laufen zu wollen. Als er, die Augen von den Schatten hinter sich und der Dunkelheit unter der Felswand zur Linken abwendend, vorausblickte, sah er zweierlei, das seine Besorgnis noch steigerte. Er sah, dass das Schwert, das Frodo noch blank in der Hand hielt, mit blauem Feuer glühte; und er sah, dass aus dem Fenster im Turm, obwohl der Himmel dahinter nun dunkel war, noch immer ein rotes Licht schien.

„Orks“, brummte er. „So kommen wir doch nie durch! Da sind Orks und noch Schlimmeres.“ Dann kehrte er rasch zu der seit langem gewohnten Heimlichkeit zurück und schloss die Hand um die kostbare Phiole, die er immer noch trug. Rot von seinem eigenen warmen Blut leuchtete die Hand für einen Moment, dann steckte er das allzu sichtbare Glas tief in eine Brusttasche und zog sich den Elbenmantel dicht um den Leib. Nun versuchte er den Schritt zu beschleunigen. Frodo lief ihm davon und war schon gut zwanzig Schritt voraus; er huschte wie ein Schatten dahin und würde in dieser grauen Welt bald nicht mehr zu sehen sein.

Kaum hatte Sam das Sternglas weggesteckt, da kam sie. Ein Stück voraus, links, aus einem dunklen Loch am Fuß der Felswand kroch die abscheulichste Kreatur hervor, die er je gesehen hatte, schrecklicher als die schrecklichste Ausgeburt eines Albtraums. Ganz wie eine Spinne sah sie aus, aber riesengroß, größer als die großen Raubtiere und furchtbarer als sie wegen der grimmigen Entschlossenheit in ihren unerbittlichen Augen. Dieselben Augen, die er eingeschüchtert und besiegt geglaubt hatte, da waren sie wieder, mordlustig glitzernd in Trauben an ihrem vorgereckten Kopf. Große Hörner hatte sie, und hinter ihrem kurzen, stielartigen Hals kam ihr dicker, gedunsener Leib zum Vorschein, ein gewaltiger, geblähter Sack, wackelnd und wabbelnd zwischen ihren Beinen. Der Rücken war schwarz mit aschfahlen Flecken, die Unterseite aber war bleich und schillernd und verströmte einen üblen Gestank. Ihre Beine waren geknickt, mit dicken Gelenkknoten hoch oberhalb des Rückens und mit Haaren, die wie stählernde Dornen abstanden; und an jedem Bein hatte sie eine Klaue.

Sobald sie den weichen Knautschleib mit den angelegten Gliedmaßen durch den Ausgang ihrer Höhle gezwängt hatte, setzte sie sich mit furchtbarer Schnelligkeit in Bewegung, bald trippelnd auf ihren knarrenden Beinen, bald in langen Sätzen. Sie war zwischen Sam und Frodo. Entweder hatte sie Sam nicht gesehen, oder sie wollte ihm, der das Licht trug, einstweilen aus dem Weg gehen und richtete all ihren Jagdeifer auf ein einziges Opfer, auf Frodo, der ohne die schützende Phiole unbekümmert den Weg entlangrannte, ohne die Gefahr bemerkt zu haben. Schnell rannte er, aber Kankra war schneller, und mit wenigen Sätzen würde sie ihn haben. Japsend holte Sam Luft, so viel in seine Lungen noch hineinging, um zu schreien. „Achtung, hinter dir!“, brüllte er. „Achtung, Chef! Ich komm ...“ Aber plötzlich wurde sein Schrei erstickt.

Eine lange, klamme Hand fuhr ihm über den Mund, und eine andere packte ihn am Hals, während etwas Drittes sich um seine Beine schlang. Er verlor das Gleichgewicht und fiel hintenüber, seinem Angreifer in die Arme.

„Haben ihn!“, zischte ihm Gollum ins Ohr. „Endlich, mein Schatz, haben wir ihn, jawohl, diesen garssstigen Hobbit! Wir nehmen den. Sie kriegt den andern. O ja, Kankra kriegt ihn, nicht Sméagol – hat er so versprochen, er wird dem Herrn nichts tun. Aber dafür hat er dich, du garssstiger kleiner Schnüffler!“ Er spuckte Sam an den Hals.

Wütend über den Verrat und verzweifelt, weil er aufgehalten wurde, während der Chef in Lebensgefahr schwebte, fand Sam einen Schneid und eine Kraft, die alles weit überstiegen, was Gollum dem dummen, trägen Hobbit, für den er ihn hielt, zugetraut hatte. Gollum selbst hätte sich nicht schneller oder heftiger loswinden können. Die Hand vor Sams Mund glitt ab, Sam duckte sich, prallte nach vorn, um sich von dem Griff um seinen Hals loszureißen. Das Schwert hielt er noch in der Hand, und an seinem linken Arm hing an der Schlaufe Faramirs Wanderstab. Wie rasend versuchte er sich umzudrehen und einen Stoß zu führen. Aber Gollum war zu schnell. Sein langer rechter Arm schoss vor und packte Sams Handgelenk: Seine Finger, stark wie ein Schraubstock, bogen die Hand langsam und unermüdlich nach vorn abwärts, bis Sam das Schwert mit einem Schmerzensschrei fallen ließ; und währenddessen drückte Gollums linke Hand die ganze Zeit Sams Kehle zu. Dann wandte Sam seinen letzten Trick an. Mit aller Kraft zog er sich von seinem Gegner weg, setzte die Füße fest auf; dann stieß er sich mit den Beinen vom Boden ab und warf sich mit einem Ruck nach hinten.

Gollum, der ihm nicht mal diesen einfachen Trick zugetraut hatte, fiel hintenüber, Sam fiel auf ihn, und das Gewicht des stämmigen Hobbits traf Gollum in den Magen. Ein scharfes Zischen fuhr ihm heraus, und für eine Sekunde lockerte sich sein Griff an Sams Kehle; aber noch immer hielten seine Finger Sams Schwerthand umklammert. Sam riss sich nach vorn los, stand auf und sprang nach rechts und drehte sich um das Handgelenk, das Gollum festhielt. Mit der linken Hand fasste er den Stab, holte aus und ließ ihn mit einem sausenden Hieb auf Gollums ausgestreckten Arm knallen, dicht unterhalb des Ellbogens.

Quiekend ließ Gollum los. Dann rückte Sam ihm zu Leibe. Er ließ sich nicht die Zeit, den Stock von der linken in die rechte Hand zu nehmen, sondern gab ihm einen zweiten wuchtigen Schlag. Schnell wie eine Schlange glitt Gollum beiseite, und der Stab traf statt des Kopfs seinen Rücken. Der Stab knackte und zerbrach. Gollum hatte genug. Von hinten zupacken war das Spiel, das er kannte und in dem er selten den Kürzeren zog. Aber diesmal hatte er im Überschwang des Hasses den Fehler gemacht, zu sprechen und seiner Häme freien Lauf zu lassen, ehe er noch beide Hände am Hals des Opfers hatte. Sein ganzer schöner Plan war fehlgeschlagen, seit dieses grassliche Licht so unerwartet in der Dunkelheit aufgeleuchtet war. Und nun sah er sich einem wutentbrannten Feind gegenüber, der nur wenig kleiner war als er selbst. So ein Kampf war nichts für ihn. Sam fischte sein Schwert vom Boden auf und zückte es. Gollum kreischte, sprang beiseite, landete auf allen vieren und sprang wie ein Frosch mit einem Riesensatz davon. Bevor Sam bei ihm sein konnte, raste er mit unglaublicher Geschwindigkeit zum Tunnel zurück.

Sam setzte ihm nach, das Schwert in der Hand. Im Moment sah er rot und dachte an nichts anderes als daran, Gollum totzuschlagen. Aber bevor er ihn einholen konnte, war Gollum verschwunden. Dann, als er vor der schwarzen Öffnung stand und der Gestank ihm entgegenwehte, kam ihm wie mit einem Donnerschlag wieder der Gedanke an Frodo und das Ungeheuer. Er machte kehrt und rannte aus Leibeskräften den Pfad entlang, immer wieder Frodos Namen rufend. Er kam zu spät.

So weit war Gollums Anschlag gelungen.

Noch nie schien die Erfüllung des Auftrags so aussichtslos: Frodo hat gegen das übermächtige Monstrum Kankra keine Chance. Nur durch die Tapferkeit und Übersicht Sams kann das Schlimmste – der Verlust des Rings – verhindert werden.
Während Sam nun mit dem Ring ins Zentrum der bösen Macht eindringt und dabei die Orks und andere Kreaturen, die in Saurons Dienst stehen, in ihrer ganzen Niedertracht und Scheußlichkeit kennen lernt, haben – zunächst getrennt, dann vereint – Pippin und Merry, Aragorn und Legolas, Gimli und Gandalf in den Grenzländern Gondor und Rohan schwere Aufgaben zu lösen und harte Kämpfe zu bestehen. Sie unterstützen die dortigen Herrscher in ihren Bemühungen, die Bedrohung aus Mordor abzuwehren. Dabei muss Gandalf erkennen, dass der Einfluss Saurons bereits weiter vorgedrungen ist, als er vermutet hat.

Nach mehreren verlustreichen Schlachten gegen die von den Ringgeistern angeführten Armeen Mordors kann das Heer Aragorns, des rechtmäßigen Königs von Gondor, bis zum Schwarzen Tor vordringen. Dort kommt es zum großen Finale. Bei der Entscheidung über das Schicksal von Mittelerde spielt sogar Gollum noch einmal eine wichtige Rolle ...

Mehr soll hier nicht verraten werden – auch nicht, was sich unterdessen im fernen Auenland ereignet hat ...

Materialien

Fantasy-Literatur

Fantasy – Was ist das eigentlich?

Jeder Dichter benötigt Fantasie, aber nicht alles, was Dichter schaffen, ist „Fantasy"-Literatur. Unter dem Begriff „Fantasy" werden Romane und Erzählungen, Comics und Filme zusammengefasst, die ihre Themen und Motive aus Märchen und Sagen – überwiegend keltischer, skandinavischer oder orientalischer Herkunft – beziehen. Dazu gehören seit einigen Jahren auch verschiedene Arten von Rollenspielen.

Die Handlung der Fantasy-Literatur spielt meist in einer Welt, deren Helden und Motive an das Mittelalter erinnern. Manchmal wird auch die Vorstellung einer noch ferneren, dunklen Vergangenheit erweckt oder es wird ein Bild der Zukunft entworfen nach einer Katastrophe oder nach dem angenommenen Niedergang der Zivilisation.

Ein bevorzugtes Thema ist eine abenteuerliche Reise, bei der es zu Begegnungen mit fremden Kulturen oder magischen Kräften kommt, mit Feen, Elfen, Trollen und Zwergen, auch mit Drachen, Hexen und Zauberern. Häufig werden solche Reisen im Zusammenhang mit einer Suche („Queste") unternommen. Der ewige Kampf zwischen Gut und Böse ist zumeist der rote Faden der Handlung, ein anderes wichtiges Handlungselement ist die Versöhnung von Zivilisation und Natur, die Wiederherstellung einer harmonischen Verbindung der Menschen mit den Dingen, Tieren und Pflanzen ihrer Umwelt.

J. R. R. Tolkiens 1954/55 erschienene Trilogie „The Lord of the Rings" wurde zunächst wenig beachtet, verhalf aber Ende der Sechzigerjahre der Fantasy-Literatur zu ihrem eigentlichen Durchbruch und zu einem Massenerfolg, der bis heute andauert. Die Texte, Bilder und Filme, die in seiner Nachfolge entstanden, sind von höchst unterschiedlicher Qualität – die anspruchsvolleren unter ihnen werden als „High Fantasy" bezeichnet. In Deutschland ist diese

Literatur vor allem durch Michael Ende und Frederik Hetman vertreten.
Frederik Hetmann ordnet die Romane Tolkiens der „heroic fantasy“ zu, die er u. a. durch folgendes Merkmal definiert:

„Die Existenz einer ‚Anderswelt‘ ist das erste und wichtigste Charakteristikum dieser Sonderform der Fantasy-Literatur. Der Begriff ‚Anderswelt‘ oder otherworld entstammt dem keltischen Kulturkreis der Frühzeit und bezeichnete ursprünglich das Totenreich im Sinne einer Fortsetzung des diesseitigen Lebens im Jenseits. Andererseits wurde er aber auch mit der Vorstellung einer paradiesischen Welt hinter dem westlichen Horizont assoziiert, einer der antiken Fantasie des Goldenen Zeitalters nicht unähnlichen Vorstellung. ‚Anderswelt‘ als [...] *Schauplatz von Fantasy-Storys* [...] *steht für eine geheimnisvolle, fiktive Welt, die, in sich geschlossen und ihren eigenen Gesetzmäßigkeiten gehorchend, von verschiedenen fremdartigen und ‚wunderbaren‘ Wesen bewohnt wird.“ (G. Zahnweh, 1999)*

Anlehnungen an keltische Sagen sind im Fantasy-Bereich seit Beginn der Achtzigerjahre vermehrt zu beobachten, vor allem an den Sagenkreis um König Artus und den Gral. Eine Reihe von Autorinnen – manche mit ausgeprägt feministisch-emanzipatorischer Tendenz – haben sich diesem Trend angeschlossen, als erfolgreichste von ihnen gilt Marion Zimmer Bradley („Die Nebel von Avalon“).
Ähnlich wie der Horror-Film davon ausgeht, dass die Zuschauer – zumindest vorübergehend – davon überzeugt sind, es gäbe „das Böse“ oder „den Bösen“ (und somit umgekehrt auch als Gegenpol „das Gute“ und „den Guten“), so erscheint auch im Fantasy-Roman die Welt zumeist als Schöpfung einer höheren Macht, die allen Wesen ihre Kraft und Bestimmung zugewiesen hat. Das zugrunde liegende Weltbild ist also religiös, wobei es unerheblich ist, ob die Einkleidung eher keltisch oder germanisch oder christlich ist. Indem der Dichter eine ganze Welt – ihre Wesen, ihre Geschichte und ihr Schicksal – frei schafft, nimmt er vorübergehend selber die Rolle Gottes ein. Am deutlichsten wird dies wohl bei den Spielleitern

der Fantasy-Rollenspiele und bei den neueren Fantasy-Computerspielen.

„Mit der Entwicklung von immer leistungsfähigeren Computersystemen wurde es auch möglich, immer komplexere Computerspiele zu programmieren. Bei einem Computerrollenspiel übernimmt die Software die Rolle des Spielleiters, während der Spieler eine Figur oder eine Figurengruppe durch das Programm steuert und versucht, mit diesen Spielfiguren die gestellten Probleme zu lösen. Vorherrschendes Handlungsmuster ist die abenteuerliche Reise, an deren Ende die Befreiung, Eroberung oder Erlösung steht. [...] *Ganz ohne Zweifel kulminiert der allgemeine Trend zur Darstellung imaginärer Geschichte per Computerspiel heute im Bereich Fantasy." (M. Antrack, 1996)*

Es sieht so aus, als ob die Vorliebe für Fantasy-Geschichten in Romanen und Filmen noch übertroffen wird von dem Boom im Bereich der Computerspiele und Rollenspiele. Die Auswirkungen dieser Entwicklung sind noch weitgehend unbekannt. Das erste deutsche Rollenspiel heißt „Midgard" und wurde 1981 veröffentlicht. Neben warnenden Stimmen gibt es auch die Ansicht, dass Rollenspiele sich förderlich auf die Entwicklung Jugendlicher auswirken können. So wurde von einem Spiele-Test berichtet, bei dem eine Jury aus jungen Computerspielern Rollenspiele nach drei Kriterien bewertete:

- *schelmisch:* humorvolle, originelle Einfälle und Handlungsweisen,
- *völkerverständigend:* Förderung von Toleranz, Abbau von klischeehaften Feindbildern,
- *gewaltvermeidend und problemlösend:* Argumentation, sprachliches Geschick, Taktik, Witz.

Hans-Gerd Claßen

Drei Ausgaben von Tolkiens Roman „Der Herr der Ringe“

Der Autor J. R. R. Tolkien

Eigentlich begann alles mit einem blitzartigen Einfall: An einem Sommertag des Jahres 1930 war ein Oxford-Professor damit beschäftigt, sein schmales Gehalt dadurch aufzubessern, dass er Eingangsprüfungen für die Universität benotete. „Gnädigerweise“, so schrieb er Jahre später, „hatte ein Prüfling ein Blatt leer gelassen (das Beste, was einem Prüfer überhaupt passieren kann), und ich schrieb darauf: ‚In einer Höhle in der Erde, da lebte ein Hobbit...‘“ [...] Dies war der Keim der Geschichte vom kleinen Hobbit Bilbo, die heute zu den Klassikern der Kinderbuchliteratur gehört und in ein Werk von epischen Proportionen mündete, dessen Erfolg noch heute ein ungeklärtes Phänomen ist. Die Rede ist von J. R. R. Tolkien und seinem Märchen-Roman *Der Herr der Ringe,* der zum Wegbereiter und Vorbild dessen wurde, was man heute ‚Fantasy‘ nennt.

Dabei war es Tolkien durchaus nicht an der Wiege gesungen worden, dass er einmal ein bedeutender Wissenschaftler und berühmter Autor werden sollte. Geboren wurde er 1892 als Sohn eines britischen Bankangestellten in Bloemfontein/Südafrika, kehrte jedoch schon als kleines Kind nach England heim. Der Anblick der satten Auen und Wälder muss nach der Dürre Afrikas einen unauslöschlichen Eindruck auf ihn gemacht haben. Sein jüngerer Bruder Hilary sollte später Obstgärtner werden; Ronald, wie ihn seine Freunde nannten, der sich zeitlebens eine Liebe zu Bäumen bewahrte, begann sich mit den Wurzeln der Sprache zu beschäftigen. Doch zunächst war das Leben schwer, nach dem frühen Verlust beider Eltern.

Die Obhut eines katholischen Priesters, der die Vormundschaft übernahm, legte den Grund für die tiefe Religiosität Tolkiens, die in seinen Werken immer wieder durchschimmert. Darüber hinaus war er – wenn auch nicht unsportlich – ein Gelehrtentyp. [...] An Studieren wäre dennoch nicht zu denken gewesen, hätte es für den begabten Schüler nicht ein Stipendium gegeben. [...] 1915 schloss er sein Studium ab – und zog in den Krieg.

„Wer es nicht erlebt hat", schrieb er später, „kann sich nicht vorstellen, wie schrecklich es war, als junger Mensch in den Ersten Weltkrieg hineingezogen zu werden." In den Totensümpfen und dem dunklen Land Mordor im *Herrn der Ringe* spiegelt sich auch ein Abglanz dieser Zeit. Dieses Erlebnis mag mit ein Grund gewesen sein, weshalb sich Tolkien nach seiner Rückkehr aus dem Krieg zunächst ganz auf die kleine, überschaubare Welt der Gelehrten konzentrierte [...].

Doch [...] der Professor hatte ein geheimes Laster: Er erfand Sprachen, schon seit seiner Kindheit. Sprachen, in denen sich Gedichte schreiben ließen. Und kurz nach dem Krieg hatte er angefangen, zu den Sprachen eine Mythologie zu erfinden, ja, eine ganze Welt; denn jede Sprache braucht eine Zeit und einen Raum, um sich zu entfalten.

[...] Tolkiens erster literarischer Erfolg kam [...] mit einem vergleichsweise harmlosen Kinderbuch, beginnend mit jenem blitzartigen Einfall des Jahres 1930. *Der kleine Hob-*

bit erzählt die Geschichte von Bilbo Beutlin, einem kleinen Wesen von ein Meter zwanzig Höhe mit großen, behaarten Füßen, das eines Tages aus der beschaulichen Ruhe des Auenlands – dem idealisierten England aus des Autors Kindheit – aufgeschreckt wird und auf große Abenteuerfahrt geht, mit einem Zauberer und einer Schar von Zwergen. Diese sind direkt aus der nordischen Mythologie entlehnt, ebenso wie der unsichtbar machende Ring, den Bilbo in einem Rätselwettstreit einem schleimigen Höhlenwesen namens Gollum abgewinnt und mit dessen Hilfe er selbst zu einem Helden wider Willen wird. [...]
Beflügelt von dem Erfolg des 1936 veröffentlichten Buches, begann Tolkien, auf Drängen seines Verlegers, eine Fortsetzung zu schreiben. Doch der „neue Hobbit", der ebenso harmlos begann wie der alte, gewann unversehens eine andere Dimension. Er wurde mehr und mehr Bestandteil von Tolkiens privater Mythologie und jener mehr als sechstausend Jahre umfassenden Geschichte der Mittelerde – der fluchbeladenen, unsterblichen Elben und ihres schicksalhaften Strebens nach dem wahren Licht, und der jüngeren Kinder der Welt, der Menschen, die das Geschenk der Sterblichkeit nicht zu würdigen wussten und nach dem ewigen Leben trachteten. Und der kleine Hobbit begann in dieser Welt der Mächtigen eine ungeahnte Rolle zu spielen. [...]
Dreizehn Jahre lang – mit Pausen – schrieb Tolkien an seinem Meisterwerk. Die akademische Laufbahn war inzwischen längst zweitrangig für ihn geworden. [...] *Der Herr der Ringe* war jetzt sein Lebensziel geworden. Denn für Tolkien gab es nicht Höheres in der Literatur als die Schaffung einer eigenen Welt, die in ihrer Überwindung des Bösen auf unvollkommene Weise die wahre Schöpfung Gottes widerspiegelte. So zumindest hat er es in seinem Aufsatz „Über Märchen" dargelegt. Und die Fantasy war für ihn die reinste Form, in der sich dieses Ziel verwirklichen ließ. Wenn man sich die Ernsthaftigkeit dieses Anliegens vor Augen hält, wird man verstehen, warum dem *Herrn der Ringe* eine solche Überzeugungskraft innewohnt, die Tolkiens zahlreiche Nachahmer dagegen blass erscheinen lässt. [...]

Der Herr der Ringe erschien 1954-55 in drei Bänden. [...] Der Roman war von Anfang ein Erfolg, wenn auch kein überwältigender. Die Kritiker waren in zwei Lager gespalten: entweder begeistert oder geradezu geifernd vor Wut, weil sie damit nichts anfangen konnten. [...]
1977, vier Jahre nach seinem Tod, erschien [...] *Das Silmarillion,* zusammengestellt und herausgegeben von Tolkiens Sohn, der seine eigene akademische Karriere aufgab, um sich hinfort ganz dem Werk des Vaters zu widmen. Und die Fans waren wie vor den Kopf geschlagen. Denn es gab keine Hobbits hier, nur Throne und Mächte und Halbgötter und Unsterbliche, ein düsteres mythologisches Sittenbild, das durch kein komisches Element aufgelockert wurde. Und eine Fülle von Namen und Bezeichnungen; denn wo manche neuere Fantasy-Autoren Schwierigkeiten hatten, nur ein paar wohlklingende Namen für ihre erfundenen Reiche und Helden zusammenzukratzen, die ihre historischen Vorbilder nicht allzu sehr durchblicken ließen, schöpfte Tolkien aus dem Vollen. Er gab den Dingen, die er liebte, nicht nur einen Namen, sondern gleich mehrere:

Taniquetil nennen die Elben diesen heiligen Berg, oder auch Oiolosse, der Ewigweiße, Elerrina, der Sterngekrönte, und noch mit vielen anderen Namen; die Sindar aber bezeichneten ihn später in ihrer Sprache als Amon Uilos. ... Telperion hieß der erste in Valinor, auch Silpion und Ninquelóte, und noch andere Namen hatte er; der zweite aber war Laurelin, auch Malinalda und Culúrien und mit vielen anderen Namen im Liede genannt. (Das Silmarillion)

Dass dieses verschlossene Kunstwerk, das gewissermaßen eine ganz neue Art des Lesens erfordert, dennoch eines der meistverkauften Bücher des Jahres wurde, erweist, welchen Einfluss Tolkien auf eine ganze Generation ausgeübt hat. [...] Merkwürdig ist bei dem Erfolg von Tolkiens Werk, dass es eigentlich lange kaum Nachahmer fand, außer im Jugendbuch. Erst das Aufkommen von Fantasy-Rollenspielen in den späten Siebzigerjahren brachte wiederum eine ganz neue Lesart zustande, welche die gemischte Gesellschaft der „Ringgefährten“ als Modell für ihre eigenen Abenteuer

sah. Hobbits und Elben, Zwerge und Zauberer – wie auch die bösen Orks – sind seitdem aus der Szene nicht mehr wegzudenken. Und seitdem geistern sie auch durch die Unterhaltungsliteratur, die Tolkienschen Kinder der zweiten oder dritten Generation.
Dem *Herrn der Ringe* tut das alles keinen Abbruch. Die Weltauflage von Tolkiens Roman hat inzwischen die unvorstellbare Größenordnung von über 100 Millionen Exemplaren erreicht. Bei diesen Erfolg muss man sich ernsthaft fragen, ob Tolkien am Ende nicht doch erreicht hat, was er wollte: einen neuen Mythos zu schaffen – ein Unterfangen, das für einen einzelnen Menschen von vornherein als unmöglich angesehen wird. Zumindest dürfte sein Werk auch weiterhin die Kritiker irritieren und vielen Lesern Flucht, Freude und heilsamen Trost schenken.

Helmut W. Pesch

Symbole und Motive

Vor dem Tor

Sucht im Text die Stelle, die hier dargestellt wird.
Wer steht vor dem Tor?
Wie hat der Erbauer des Tors den Verschluss konstruiert und warum hat er es wohl so gemacht?
Versucht zu erklären, welche Rolle die Sprache in diesem Zusammenhang spielt.

Warum gerade ein Ring?

Der Ring stellt zunächst die materielle Umsetzung des Kreissymbols dar. In einer Kreisbahn kann man sich ewig vorwärts bewegen, ohne auf ein Ende zu stoßen. Deshalb symbolisiert der Ring seit alters her den Gedanken der Ewigkeit und Unendlichkeit. In vielen Kulturen, auch in der griechischen und römischen Antike, diente der Ring, z. B. als Wappen- oder Siegelring, zur Ehrung verdienstvoller Bürger, zur Hervorhebung von Tugenden wie Treue und Beständigkeit. Die seit dem Mittelalter übliche Besiegelung des Verlobungs- oder Eheversprechens durch den Ring hat denselben Hintergrund.

Auch das Gravieren der Ringe („Du hast meiner Liebe Pfand“, „Du hast mein Herz“, „In mir ist Treu“) hat eine lange Tradition. Im 15. und 16. Jahrhundert gab es Zwillingsringe, von denen jeder Verlobte einen bis zur Trauung trug. Am Tag der Hochzeit wurden beide wieder zusammengefügt und die Braut trug den Zwillingsring als Ehering.

Mit Edelsteinen versetzte Ringe werden seit Jahrtausenden als wirksame Amulette zum Schutz vor Krankheiten und negativen Einflüssen angesehen.

Hans-Gerd Claßen

Die Rolandsage

Der Ritter Roland ist historisch verbürgt. Die älteste und so gut wie einzige Geschichtsquelle führt ins fränkische Karolingerreich. Weniger als zwei Jahrzehnte nach dem Tod Kaiser Karls des Großen (814) schrieb Einhard, Gelehrter und Freund des Herrschers, eine lateinische Lebensbeschreibung, die *Vita Karoli Magni* (Das Leben Karl des Großen). In ihr schildert er einen kaiserlichen Heerzug nach Spanien gegen die Araber. Auf dem Rückmarsch durch die unzugänglichen Pyrenäen greifen Basken die ungeschützte Nachhut an. Sie wird „bis auf den letzten Mann niedergemacht". Unter den fränkischen Edlen, die dem Überfall zum Opfer fielen, erwähnt Einhard auch einen „Hruodlandus Brittannici limits praefectus", „Markgraf Roland von Bretagne". Es ist die einzige sichere Nachricht, die wir von ihm haben. Aus anderen Quellen ergibt sich als Zeitpunkt des Gemetzels der 15. August 778. Schon die Lokalisierung im Tal von Roncesvalles, nordöstlich von Pamplona, ist nicht sicher. Von Roland blieb der Name und das Todesdatum – mehr nicht!

Im *Chanson de Roland,* dem Rolandslied, blieb die Erinnerung an den Markgrafen der Bretagne, um den sich zahlreiche Sagen rankten, erhalten. Kurz nach 1100 griff ein unbekannter Dichter den Stoff auf und schuf daraus ein großes Epos, das Roland als vorbildlichen Ritter verherrlicht. Der französische Poet machte aus dem Gemetzel in den Pyrenäen eine gigantische Schlacht, in der 400 000 Heiden Rolands Nachhut überfallen. Hier findet sich die berühmte Szene, in der Roland, nachdem er mit seinem Schwert Durandart heldenhaft gekämpft hat, mit letzter Kraft in sein Horn Olifant bläst, um Kaiser Karl zu Hilfe zu rufen.

Und so überliefert die Sage Rolands Tod:

Die Sarazenen hatten die Felsen um Roland und seine Gefährten erklommen, und von dort oben ließen sie Speere und Pfeile auf die fränkischen Recken niedergehen.

Als dann die heidnischen Krieger mit Schwert und Schild näher kamen, um zu sehen, wie viele der Franken diesen

Speerhagel überstanden hatten, da fassten sie neuen Mut, denn nur wenige der Helden waren verblieben, den letzten Ansturm des Feindes zu bestehen. Müde lehnten sie an Felswänden und ihren gestürzten Rössern. Selbst der Geringste unter den Sarazenen würde bald den Helden den Todesstoß versetzen können.

Roland peinigte die Reue, dass er [...] nicht [...] mit seinem Horn den Heerbann des Kaisers zu Hilfe gerufen hatte. Beim Anblick der Toten fühlte er sich schuldig; die gefallenen Recken gemahnten ihn, einen letzten Versuch zu machen, um das Versäumte nachzuholen. Er setzte Olifant an die Lippen und blies kräftig hinein. Klagend klang der Ton, der sich an den Felswänden brach und bis zu Herrn Karl ins viele Meilen weit entfernte Lager drang.

Der Kaiser saß beim Mahl und erbleichte. Als hätte der Tod ihn selbst angerührt, so empfand er den Ruf. Es war der Verzweiflungsschrei der Eingeschlossenen bei Ronceval. [...]

Da erscholl wieder der lang gezogene Hornruf, ohne Zuversicht, hoffnungslos und voller Verzweiflung. Immer schwächer erklang sein Hilfeschrei, bis er dann erstarb. [...]

„Roland zu Hilfe!“, riefen die Krieger, hatten sie doch alle das Horn Olifant vernommen. Rasch trieben sie ihre Pferde an, im scharfen Galopp ritten sie, die Köpfe den Rennern an die Mähne gelegt, den Weg zurück nach Ronceval. [...]

Roland fühlte sein Ende nahen. Und als er als letzter unter seinen Kriegern sich zur Erde sinken ließ, um zu sterben, da achteten sogar die Heiden seine letzte Stunde und senkten ihre Schwerter. Nur einer der Sarazenen schlich an den Sterbenden heran: Horn und Schwert des fränkischen Helden gelüsteten ihn. Mit begehrlichem Funkeln in den Augen schob sich der Heide näher und griff nach Rolands Kleinod. Es wäre besser für ihn gewesen, er hätte das nicht getan. Rasender Zorn verlieh dem Sterbenden noch einmal Kraft. Hart schlug Roland auf den Dieb ein, das Horn zersprang. Mit zerschmettertem Gesicht blieb der Dieb liegen.

Doch auch Durandart sollte den Feinden nicht in die Hände fallen. Roland vermochte noch so viel, die Waffe gegen den Felsen zu schlagen – allein, der Stahl war so stark, dass wohl der Stein splitterte, die Waffe aber nicht einmal eine

Scharte bekam. Mit seinem Körper suchte er sie fremdem Zugriff zu entziehen und begrub sie unter sich. Bis zuletzt schirmte das geliebte Schwert der eigene Leib, den es in so vielen Kämpfen getreulich verteidigen geholfen hatte.

Und so erzählt Tolkien Boromirs Abschied:
Aragorn rannte den Berg hinauf. Ab und zu bückte er sich und betrachtete den Boden. Hobbits haben einen leichten Tritt, und ihre Fährten sind selbst für eine Waldläufer nicht leicht zu lesen. [...]
Während er so umherblickte, fingen seine scharfen Ohren Geräusche aus dem Waldland unten am westlichen Ufer auf. Er erstarrte. Es waren Schreie, und unter ihnen hörte er zu seinem Schrecken krächzende Orkstimmen heraus. Dann plötzlich ertönte ein großes Horn, und seine tiefen Stöße prallten gegen die Berghänge, hallten in den Tälern wider und erhoben sich zu einem gewaltigen Ruf, der das Brausen des Wasserfalls übertönte.
„Boromirs Horn!“, rief er aus. „Er ist in Not.“ [...]
Je weiter er hinunterkam, desto lauter wurde das Gebrüll, während die Hornstöße schwächer und verzweifelter klangen. Dann steigerten sich die Orkschreie zu schriller Raserei, und die Hornstöße rissen ab. [...]
Auf einer kleinen Lichtung unweit des Seeufers [...] fand er Boromir. Er saß mit dem Rücken an einen dicken Baum gelehnt, als ob er ruhte. Aber dann sah Aragorn die schwarz gefiederten Pfeile, die in ihm steckten. Sein Schwert hielt er noch in der Hand, aber es war dicht unterm Heft abgebrochen; sein Horn lag neben ihm, in zwei Teile gespalten. Erschlagene Orks lagen zuhauf ringsum und vor seinen Füßen.

Vergleicht die Sage und den Ausschnitt aus dem „Herrn der Ringe“. Was hat Tolkien aus der Rolandsage übernommen?

Zur Übersetzung

Fog on the Barrow-downs

On either side ahead a darkness began to loom through the mist; and he guessed that they were at last approaching the gap in the hills, the north-gate of the Barrow-downs. If they could pass that, they would be free.

„Come on! Follow me!“ he called back over his shoulder, and he hurried forward. But his hope soon changed to bewilderment and alarm. The dark patches grew darker, but they shrank; and suddenly he saw, towering ominous before him and leaning slightly towards one another like the pillars of a headless door, two huge standing stones. He could not remember having seen any sign of these in the valley, when he looked out from the hill in the morning. He had passed between them almost before he was aware: and even as he did so darkness seemed to fall round him. His pony reared ...

J. R. R. Tolkien

Nebel auf den Hügelgräberhöhen

Auf beiden Seiten schimmerte es dunkel durch den Nebel; und er vermutete, dass sie sich endlich der Lücke zwischen den Bergen näherten, dem Nordtor der Hügelgräberhöhen. Wenn sie dort hindurchkönnten, wären sie gerettet.

„Kommt! Folgt mir!“, rief er zurück, und er eilte voran. Aber seine Hoffnung verwandelte sich bald in Bestürzung und Schrecken. Die dunklen Stellen wurden dunkler, aber sie wichen zurück; und plötzlich sah er unheilvoll über sich aufra-

Zu beiden Seiten vor ihnen im Nebel ragte etwas Dunkles auf, und er vermutete, dass dies nun die Lücke zwischen den Hügeln war, das Nordtor der Hügelgräberhöhen. Wenn sie da hindurchkämen, wären sie im Freien.

Kommt, mir nach!“, rief er über die Schulter den anderen zu und ritt schneller voran. Aber seine Hoffnung löste sich bald in Ratlosigkeit und Bestürzung auf. Die dunklen Flecken wurden noch dunkler, aber auch kleiner, und gleich darauf

gend und sich leicht zueinander neigend wie die Säulen einer kopfteillosen Tür zwei gewaltige, aufrecht stehende Steine. Er konnte sich nicht erinnern, irgendeine Spur von ihnen im Tal gesehen zu haben, als er am Morgen vom Berg aus hinabschaute. Er war zwischen ihnen hindurchgeritten, fast ehe er es gemerkt hatte: und während er das tat, schien die Dunkelheit über ihm zusammenzuschlagen. Sein Pony stellte sich auf die Hinterbeine ...
Margaret Carroux

sah er vor sich zwei hohe, aufrechte Steine, leicht zueinander hingeneigt, drohend wie die Pfosten einer Unheilstür, der nur die Oberleiste fehlte. Er konnte sich nicht erinnern, etwas von ihnen gesehen zu haben, als er mittags vom Hügel über das Tal hinblickte. Nun war das Pony zwischen ihnen hindurchgetrabt, kaum dass er sie bemerkt hatte, und im gleichen Moment schien Dunkelheit ihn zu umfangen. Das Pony schnob und bäumte sich auf ...
Wolfgang Krege

Ein Kritiker zur neuen Übersetzung

„Die neue Übersetzung des ‚Herrn der Ringe', mit der Klett-Cotta diejenige von Margaret Carroux [...] nach dreißig Jahren ablöst, hat bei den entschiedenen Lesern Tolkiens, die eine verzweigte Fan-Gemeinde bilden, eine widersprüchliche Rezeption erfahren. [Der Übersetzer] Krege [...] besitzt [die] Fähigkeit [...], einen Text mit großer Präzision respektlos und fantasievoll ein wenig gegen den Strich zu bürsten – es ist alles da, aber subtil verändert und zugespitzt. Ebendiese Begabung hat das Misstrauen der Fans geweckt, die den alten magischen Hall vermissen [...]. Sofern dies nicht nur die heilige Unzufriedenheit des Kindes ist, das nicht möchte, dass ein Märchen je anders erzählt wird, als man es beim ersten Mal vernommen hat, sofern ernst zu nehmende Kritik geübt wurde, läuft sie darauf hinaus, dass Krege das Pathos verletzt [...] hat. Das Zentralbeispiel ist, dass Sam, der treue Diener Frodos, zu diesem nicht länger ‚Herr' sagt, sondern ‚Chef'[...]. Diese sorgfältig platzierten Aufrauungen werden als unbeholfene

Verstöße gesehen, nicht als das, was sie sind: Strategien für eine neue Rezeption des Textes. [...]"

Joachim Kalka

Ihr merkt schon: Der Rezensent hält viel von der Neuübersetzung und nimmt sie gegen Kritik in Schutz. Versucht, seine Argumente mit eigenen Worten wiederzugeben, und prüft, ob ihr beim Vergleich der Übersetzungen zu einem ähnlichen Urteil gelangt.

Die folgenden Textproben stammen aus der alten Übersetzung. Findet ihr die entsprechenden Stellen im Leseheft?

(1) Der Morgen wurde zum Mittag, und immer noch wanderte die Gemeinschaft und kletterte durch eine kahle Landschaft aus rotem Stein. Nirgends sahen sie Wasser schimmern oder hörten es rauschen. Alles war öde und trocken. Ihr Mut sank. Sie sahen kein lebendiges Wesen, und kein Vogel war am Himmel; aber was die Nacht bringen würde, wenn sie in diesem trostlosen Land von ihr überrascht würden, wagte sich keiner auszumalen.

(2) Auf diesem Felsvorsprung standen hohe Mauern aus uralten Steinen und in ihrer Mitte ein stolzer Turm. Bei den Menschen hieß es, in den weit zurückliegenden ruhmreichen Tagen von Gondor hätten die Meer-Könige diese Festung mit Hilfe von Riesen gebaut. Die Hornburg wurde sie genannt, denn eine auf dem Turm geblasene Trompete hallte in der Klamm dahinter wider, als ob längst vergessene Heere aus Höhlen unter den Bergen in den Krieg zögen. Auch eine Mauer hatten die Menschen der alten Zeit von der Hornburg zur südlichen Felswand gezogen, um den Eingang zur Schlucht zu versperren. Unter ihr floss in einem breiten, überwölbten Abzugsgraben der Klammbach hindurch.

Welche Unterschiede zwischen den beiden Übersetzungen fallen euch auf? Achtet auf Wortwahl und Satzbau.
Welche Übersetzung findet ihr verständlicher?
Was tut man eigentlich, wenn man übersetzt?

Film und Rollenspiele

Hobbits und Orks auf der Leinwand

Am 19. April 2000 berichtete der „Spiegel" über die aufwändigen Dreharbeiten bei der Verfilmung des „Herrn der Ringe".

Auf dem Regisseur Peter Jackson lastet eine schwere Aufgabe: Bis Ende 2000 soll er den ersten Teil des Tolkien-Klassikers „Herr der Ringe" in Neuseeland abgedreht haben. Die Fans fordern auf Websites von ihm die absolute Originalbuch-Treue und machen ihm das Leben mit penetranten Set-Besuchen schwer.
Selten hofierte ein Hollywood-Studio ein literarisches Publikum mit solcher Fanfare. Rund 20 Monate sind es bis zur Weltpremiere des ersten von drei „Herr der Ringe"-Filmen, bis zu einem Jahr sollen die Dreharbeiten noch dauern. Doch schon letzte Woche stellte die produzierende New Line Cinema einen zweieinhalbminütigen Trailer ins Netz. Das Resultat: ein Weltrekord. Rund 1,7 Millionen User luden sich innerhalb des ersten Tages die wenigen Hintergrundinfos und Szenenschnipsel herunter – 70 Prozent mehr als bei „Star Wars – Episode I".

Ein Tolkien-Fan, der sich „Jardis" nennt, darf als einer der wenigen Augenzeugen die Dreharbeiten zu den Schlachtszenen an „Helms Klamm" beobachten und berichtet am 17. November 2000 darüber im Internet:

„Die Szenen finden in Twizel, South Island/Neuseeland statt, wo sich auf einer Grasebene 250 schwer bewaffnete Rohan-Krieger und 230 Orks eingefunden haben, um eine Schlacht auszutragen. Das Set ist [...] sehr einfach gehalten – nur ein grasbedecktes Feld am Fuße der schneebedeckten Berge. Sämtliche Ausrüstung musste mit Lkws oder Flugzeugen in die abgelegene Gegend gebracht werden. 800 Leute und 250 Pferde sind vor Ort, und diese trudeln schon um halb fünf ein, noch leicht verschlafen, um sich in den größten Abschaum von Mittelerde zu verwandeln. Dazu müssen sie sich in schwarze Nylonanzüge zwängen und darüber noch schwammige graue Orkhäute ziehen. Zum Schluss gibt's noch schwarzes Augen-Make-up und speziell hergestellten nicht giftigen Schlamm sowie schwarzes Blut. So viele Kämpfer wollen natürlich versorgt sein, und so machen sich 18 Köche daran, z. B. 50 kg Schinken, 1440 Eier und 400 Laibe Brot in ein anständiges Frühstück zu verwandeln.

Bevor die Schlacht losgehen kann, brauchen die Orks natürlich noch Waffen, die sie von ‚Sergeant Slaughter's Orc Unit' bekommen. Endlich sind alle Orks und Rohirrim in verschiedenen Reihen aufgestellt und warten darauf, dass die Schlacht endlich losgeht. Die Rohan-Krieger greifen an und die Seitenkamera nimmt ein Riesengetümmel auf, während die Bodenkamera für die Nahaufnahmen sorgt und eine ‚reitende' Kamera die Pferde verfolgt. Während man den Orks ihren letzten schleimigen Schliff gibt, lassen Techniker in der Ferne riesige Wolken weißen, weihrauchgeschwängerten Rauchs steigen. Für eine kurze Weile herrscht Totenstille.

Jetzt sind die Orks dran, die [...] an Wrestler erinnern, die sich aufeinander schmeißen. Die Rohan-Armee wird indes von König Theoden angeführt, der in seiner prächtigen Rüstung (mit den Insignien von Rohan) auf seinem nicht minder prächtigen weißen Pferd einen wunderbaren Anblick bietet.

Die Schlacht hat begonnen und Staub wirbelt über der ganzen Ebene auf.

[...] Ein Ork hat in dem Schlachtgetümmel seinen Schuh verloren. Die anderen werden von den WETA-Leuten abgekühlt und später von deren Chef Richard Taylor mit den Worten: ‚Ihr seid keine Menschen! Ihr seid Abschaum!' zu mehr Bewegung motiviert.

Danach werden noch drei weitere Aufnahmen angesetzt, und nach einem anstrengenden Nachmittag können sich alle Ork-Statisten mit oder ohne Kopf fotografieren lassen. Die Orks rekrutieren sich übrigens zum größten Teil aus Ortsansässigen, aber auch aus Touristen, die ‚einen Tag als Ork' ihrem Abenteuerurlaub hinzufügen. Und zu guter Letzt bekommen auch die Pferde noch was zu fressen."

„Ein Tag als Ork“: Würde euch das reizen?

Wärt ihr aufgrund der Beschreibungen in der Lage, euch (oder euren Freund) als Ork zu schminken und herzurichten – einschließlich einer passenden Ork-Tätowierung? Welche Angaben fehlen euch noch?
Versucht euch einmal in die Lage der Orks zu versetzen und eine Szene aus ihrer Perspektive darzustellen.

Wie könnte man „das Böse“ zeigen? Eine Figur des Romans ist immer „anwesend“, aber nie wirklich zu sehen: Sauron, der Böse, das Böse, die böse Macht. Was meint ihr: Wird er im Film zu sehen sein oder nicht? Woran wäre er zu erkennen? Was sollen die Zuschauer sehen und hören, damit sie von „dem Bösen“ auch wirklich beeindruckt sind? Formuliert eure Vorstellungen, am besten als Anweisung für die Regie, für das Besetzungsbüro und für die Maskenbildnerin ...

Sicherlich kennt ihr Filme, in denen „das Böse“ dargestellt ist. Tauscht eure Erfahrungen aus.

Die Fantasy-Welle hat nicht nur eine Reihe von Filmproduktionen angeregt, sondern auch den Stoff für Spiele aller Art geliefert, vor allem Rollenspiele.

Siege of Avalon
Rollenspiele erfreuen sich zur Zeit großer Beliebtheit und verkaufen sich gut. Grund genug für Blackstar auch auf diesen Zug aufzuspringen. Unter dem Titel *Siege of Avalon* bringen sie ein sechsteiliges Rollenspiel heraus, wobei der erste Teil kostenlos ist, während die anderen fünf Kapitel jeweils 30 DM kosten sollen. [...] In unserem Test erfahrt ihr, wie gut das Ganze geworden ist.
In *Siege of Avalon* wird die Burg Avalon von Ork-Mischlingen belagert, sodass den Insassen langsam die Vorräte zur Neige gehen. Als Spieler bekämpfen sie in der Rolle als Krieger, Magier oder Kundschafter den Feind. Im ersten der sechs äußerst umfangreichen Kapitel ist man zuerst einmal

allein unterwegs, um in der Festung und den umliegenden Ländereien nach seinem verschollenen Bruder zu suchen. Dabei trifft man auf allerlei Personen wie Ritter oder Burgfräuleins, denen man hilfreich beistehen kann, um an Extras wie Erfahrungspunkte zum Ausbau seiner eigenen Fähigkeiten, neue Waffen oder Zaubersprüche zu gelangen. Im Lauf des Spiels deckt man eine Verschwörung auf und bekommt noch vier Mitstreiter zur Seite gestellt.

Das Spiel läuft in klassischer Rollenspielmanier ab, altbekannte, solide Kost eben, wie man sie seit eh und je von diesem Genre kennt, ohne irgendwelche neuen Ideen. Die spannende Story wird dabei leider nur anhand von umfangreichen Textausgaben weitererzählt.

Grafisch ist *Siege of Avalon* leider schon recht veraltet. Die bewährte isometrische 2D-Grafik sieht zwar nett aus, kann aber mit aktuellen Spielen wie *Baldur's Gate 2* nicht mithalten. Selbst die Animationen der in Echtzeit ablaufenden Kämpfe wirken sehr altbacken und reißen einen nicht vom Stuhl. Auch die soundmäßige Umsetzung des Spieles ist eher bescheiden. Es gibt trotz der umfangreichen Dialoge nicht einmal eine Sprachausgabe. Das Ganze kann man mit einem Satz zusammenfassen: Vor zwei Jahren wäre das Spiel up to date gewesen, heutzutage ist der Standard wesentlich höher. Die Bedienung des Spieles ist dagegen durchaus akzeptabel. Die gute Mischung aus Maus- und Tastatursteuerung hat man schnell erlernt. Leider enthält das Spiel kein Tutorial und deshalb sollte man einen Blick in das magere Handbuch werfen.

Gothic

In einer düsteren Fantasy-Welt herrscht Krieg zwischen Menschen und Orks. Um der Bedrohung durch die Orks standzuhalten, werden alle Verbrecher in einer Strafkolonie zur Erzförderung gezwungen.

Dieses Gefängnis wird von einer riesigen magischen Barriere umgeben, die von außen passierbar ist, von innen aber nur leblose Materie hindurchlässt. Der Spieler wird zu Beginn des Spiels in dieses Straflager verbannt. Als namenloser Krieger muss er nun um sein Überleben kämpfen.

In dem Lager gibt es drei Mächte [...], denen man sich im Laufe des Spiels anschließen kann. Zur Wahl stehen: das „alte Lager", das „neue Lager" und die „Jünger des Schläfers", eine durchgeknallte Sekte, die durch Sumpfgas ständig im Rausch ist. [Es gilt] diverse Aufträge zu erfüllen, die die spannende Hintergrundstory vorantreiben.
Das Besondere an „Gothic" ist sicherlich die schicke 3D-Welt, die äußerst lebendig wirkt und zusammen mit der düsteren Musik eine unglaublich dichte Atmosphäre aufkommen lässt.

Habt ihr schon solche Spiele gespielt? Tauscht eure Erfahrungen aus.

Ihr könnt auch eine Kritik eines neueren Computer-Rollenspiels verfassen und in eurer Schülerzeitung veröffentlichen.

Geht die Spielidee von „Siege of Avalon" und „Gothic" aus der Handlung des Romans „Der Herr der Ringe" hervor, oder haltet ihr sie für neu erfunden?

Unter dem Begriff „Rollenspiel" verstehen Eingeweihte längst nicht mehr nur Computer-Actionspiele mit Fantasy-Hintergrundstory. Sucht im Internet die Homepage der „Gilde der Fantasy-Rollenspieler e. V." und schaut euch darauf um. Berichtet dann in eurer Klasse, was dort unter „Rollenspiel" verstanden wird. Gibt es Rollenspieler dieser Art an eurer Schule?

Text- und Bildquellenverzeichnis

S. 4/5: Karte von Mittelerde. Aus: J. R. R. Tolkien: Der Herr der Ringe. Einbändige deutsche Ausgabe. Klett-Cotta, Stuttgart 2000

S. 132: Fantasy – Was ist das eigentlich? Originalbeitrag von Hans-Gerd Claßen

S. 135: Drei Ausgaben von „Der Herr der Ringe“ bei Klett-Cotta. Foto: Renate Bayer, Waiblingen

S. 136: Helmut W. Pesch: Der Autor J. R. R. Tolkien (gekürzt). © 1999 by Helmut W. Pesch: Das Licht von Mittelerde. Tolkiana 1. EDFC-Homepage: http://www.edfc.de/index.htm
Foto: © Topham Picturepoint, Kent

S. 141: Abb. „The West-Door of Moria“. Internetseite http://fan.theonering.net/rolozo/images

S. 142: Warum gerade ein Ring? Originalbeitrag von Hans-Gerd Claßen

S. 143: Die Rolandsage. Aus: Deutsche Heldensagen, Neu erzählt von Karl Richter. Droemersche Verlagsanstalt München/Zürich 1957, S. 318-320

S. 145: Boromirs Abschied. Aus: J. R. R. Tolkien: Der Herr der Ringe. Einbändige deutsche Ausgabe. Klett-Cotta, Stuttgart 2000, S. 440f.

S. 146: Fog on the Barrow-downs. From: J. R. R. Tolkien: The Lord of the Rings. 1. Buch, 8. Kapitel. Unwin-Paperbackausgabe, Bd. 1, S. 139

S. 146: Nebel auf den Hügelgräberhöhen. Linke Spalte aus: J. R. R. Tolkien: Der Herr der Ringe. In der Übersetzung von Margaret Carroux. Klett-Cotta-Jubiläumsausgabe, Stuttgart 1969, Bd. 1, S. 172. – Rechte Spalte aus: J. R. R. Tolkien: Der Herr der Ringe. In der Übersetzung von Wolfgang Krege. Einbändige deutsche Ausgabe. Klett-Cotta, Stuttgart 2000, S. 160

S. 147: Ein Kritiker zur neuen Übersetzung. Aus: Joachim Kalka: Neun Ringe den Elbenkönigen hoch im Licht. J. R. R. Tolkiens Kultbuch „Der Herr der Ringe“ in Wolfgang Kreges neuer Übersetzung. FAZ Nr. 289 vom 12.12.2000

S. 148: Textausschnitte aus: J. R. R. Tolkien: Der Herr der Ringe. Klett-Cotta-Jubiläumsausgabe. Klett-Cotta, Stuttgart 1969

S. 149: Hobbits und Orks auf der Leinwand. Aus: Der Spiegel vom 19.04.2000 (gekürzt)
Jardis: Bericht im Internet vom 17.11.2000. www.tolkiens-welt.de/news.htm

S. 151: Siege of Avalon. Mit freundicher Genehmigung von www.spieletips.de

S. 152: Gothic: Auf den Spuren von Ultima IX. Joris van de Meulebroeke in: Neue Westfälische Zeitung v. 22.05.2001 (gekürzt)

ALLES BEGINNT
MIT DEM BUCH.
Aus dem Englischen von Wolf-gang Krege, 1347 Seiten, 3 Bände im Schuber, broschiert, ISBN 3-608-93544-4
J.R.R. Tolkien
Der Herr der Ringe
KLETT-COTTA
J.R.R. TOLKIEN
Der Herr der Ringe
Klett-Cotta
Aus dem Englischen von Wolfgang Krege
1241 Seiten, Leinen mit Schutzumschlag, 60 zweifarbige Abbildungen, roter Farbschnitt, Goldprägung, ISBN 3-608-93544-4
J.R.R. TOLKIEN
DER HERR DER RINGE
www.klett-cotta.de

Weitere Jugendbücher in der Reihe LESEHEFTE:

Baumgärtner, Alfred C.:
Wenn die Wölfe kommen ...
Klettbuch 26209 (ab Klasse 5)

Bayer, Ingeborg:
Yamba
Klettbuch 26101 (ab Klasse 8)

Blyton, Enid:
5 Freunde und das Burgverlies
Klettbuch 26061 (ab Klasse 7)

Brĕzan, Jurij:
Die Schwarze Mühle
Klettbuch 26197 (ab Klasse 7)

David, Kurt:
Antennenaugust
Klettbuch 26113 (ab Klasse 6)

Degener, Volker:
No future?
Klettbuch 26132 (ab Klasse 9)

Donnelly, Elfie:
Tine durch zwei geht nicht
Klettbuch 26161 (ab Klasse 5)

Gutzschhahn, Uwe-Michael:
Der Sog
Klettbuch 26208 (ab Klasse 6)

Heuck, Sigrid:
Mondjäger
Klettbuch 26216 (ab Klasse 7)

Heyst, Ilse van:
Alles für Karagöz
Klettbuch 26098 (ab Klasse 5)

Holmås, Stig:
Donnersohn
Klettbuch 26167 (ab Klasse 5)

Kerr, Judith:
Als Hitler das rosa Kaninchen stahl
Klettbuch 26071 (ab Klasse 6)

Kipling, Rudyard:
Aus den Dschungelbüchern
Klettbuch 26129 (ab Klasse 6)

Kleberger, Ilse:
Jannis der Schwammtaucher
Klettbuch 26099 (ab Klasse 5)

Krausnick, Michail:
Der Räuberlehrling
Klettbuch 26223 (ab Klasse 9)

Kurt, Kemal:
Wenn der Meddah kommt
Klettbuch 26215 (ab Klasse 5)

Lornsen, Boy:
Feuer im Nacken
Klettbuch 26182 (ab Klasse 5)

Lornsen, Dirk:
Rokal der Steinzeitjäger
Klettbuch 26175 (ab Klasse 5)

Martin, Hansjörg:
Bewölkte Vergangenheit
Klettbuch 26145 (ab Klasse 7)

Noack, Hans-Georg:
Trip
Klettbuch 26119 (ab Klasse 8)

Pérol, Huguette:
Takeo oder Das Gesetz des Stärkeren
Klettbuch 26225 (ab Klasse 8)

Pestum, Jo:
Heinrichs Geheimnis
Klettbuch 26207 (ab Klasse 6)

Preußler, Otfried:
Die Abenteuer des starken Wanja
Klettbuch 26222 (ab Klasse 6)

Procházková, Iva:
Entführung nach Hause
Klettbuch 26227 (ab Klasse 5)

Rauprich, Nina:
Das Jahr mit Anne
Klettbuch 26214 (ab Klasse 6)

Spillner, Wolf:
Taube Klara
Klettbuch 26188 (ab Klasse 5)

Tetzner, Lisa:
Der Fußball
Klettbuch 26082 (ab Klasse 5)

Welsh, Renate:
Spinat auf Rädern
Klettbuch 26196 (ab Klasse 5)

Wölfel, Ursula:
Joschis Garten
Klettbuch 26116 (ab Klasse 5)

Wölfel, Ursula:
Mond Mond Mond
Klettbuch 26213 (ab Klasse 5)